© Les ateliers d'argol, 2019
Tous droits réservés pour tous pays
2, square Vermenouze, 75 005 Paris
lesateliersdargol@gmail.com
www.lesateliersdargol.fr
ISBN : 979-10-94136-12-6

Collection *Paradoxes*
dirigée par Catherine Flohic

Dans la même collection :

L'Amer, Emmanuel Giraud
L'Astringent, Ryoko Sekiguchi
Manger fantôme, Ryoko Sekiguchi
Fade, Ryoko Sekiguchi
La boucherie chevaline était ouverte le lundi, Dorian Nieto
Histoires d'ail, Liliane Giraudon et Xavier Girard
Sakés, Laurent Feneau
L'Huile d'olive comme un roman, Didier Garcia
L'Acide, Bénédict Beaugé
Par les menus, Tristan Hordé
Chocolat(s), Géraldine Pellé
Gras, Victor Coutard
Ma part des anges, Catherine Bernard

POURRI

Du même auteur

Ni cru, ni cuit, Alma Éditeur, 2014
Aliments fermentés, aliments santé, Gallimard, 2016
Terroirs, Yannick Alléno et Marie-Claire Frédéric, Hachette, 2016
Je mange des aliments fermentés et ça me fait du bien, Marabout, 2016
Boissons fermentées naturelles, Gallimard, 2017
Fromages et laitages naturels faits maison, Gallimard, 2018

Marie-Claire Frédéric
POURRI

LES
ATELIERS
D'ARGOL

Pourrir : (Se) décomposer, être en train de s'altérer dans une atmosphère humide, sous l'effet de bactéries, de champignons. Synon. se putréfier.

Pourri : [En parlant de matières organiques] Qui a pourri, qui est attaqué par la pourriture.

[En parlant d'un aliment] Altéré, impropre à la consommation. Synon. avarié, gâté.

ESPÈCE DE POURRI !
Plantons le décor

Des soldats américains fraîchement arrivés sur le sol normand après le débarquement de 1944, surgissant dans une ferme, se sont trouvés devant la porte d'une cave d'où s'échappaient de puissantes et morbides exhalaisons. Les jeunes gens pensèrent avec horreur au massacre qui avait dû se produire en ce lieu les jours précédents. Ils enfoncèrent la porte en imaginant les cadavres en décomposition qu'ils allaient trouver derrière elle. L'odeur qui s'en échappait était épouvantable.

Leur surprise et leur soulagement furent aussi grands l'un que l'autre après l'ouverture de la porte : ici, point de méfaits de la guerre. Seuls des livarots étaient sagement alignés sur des étagères de bois dans le silence et la pénombre. C'étaient eux qui exhalaient cette odeur ammoniaquée caractéristique à la fois des composés organiques en pleine pourriture… et des hâloirs ou des caves d'affinages de ces merveilles de nos terroirs, y compris le normand.

Cette anecdote provient d'un vétéran de la seconde guerre mondiale qui ne m'a pas précisé si les GI ont ensuite goûté et apprécié, après leur première méfiance, la production de la ferme. Le conteur soupçonnait que les bouteilles de calvados entreposées dans la cave voisine eussent trouvé plus de succès auprès d'eux. Mais le contexte dramatique explique sans doute ce dernier détail.

Une même nourriture peut donc être considérée comme un pur délice par les uns et une chose ignoble par les autres. Nos « fromages qui puent » sont emblématiques en la matière. Ils sont le fleuron de notre gastronomie ! Le camembert n'est pourtant pas le plus fort de nos fromages, mais un étudiant asiatique m'a confié devoir aller s'asseoir à l'écart quand ses camarades mangent le fameux camembert, tellement l'odeur lui est difficile. Les Américains donc, mais aussi les Asiatiques, les considèrent comme des aliments répugnants et pourris.

Pourri ? Comment cela, pourri ? C'est une insulte ! Il faut être très en colère pour traiter quelqu'un de pourri. Nous serait-il venu à l'idée de qualifier ainsi les produits du génie fromager tant valorisés dans notre gastronomie ? Qui sont-ils ceux qui osent les traiter de pourris et ainsi nous offenser, nous qui les aimons ?

Sommes-nous d'ailleurs les seuls à aimer des nourritures odorantes et couvertes d'un velours feutré de moisissures, que jamais, au grand jamais, nous ne pourrions considérer comme pourries ? Certes non.

Le tofu fermenté chinois, aussi appelé « tofu puant », est recouvert de moisissures plus velues les unes que les autres, brunes, vertes ou noires, et son odeur rappelle celle du munster ou, selon les goûteurs non-chinois, celle de la viande avariée. Il est cependant dégusté comme condiment ou plat principal dans différentes parties de la Chine. On le savoure aussi au petit-déjeuner, et on l'achète dans les échoppes au coin des rues. Il en existe d'ailleurs une grande variété, un peu comme nos fromages. Et les œufs de cent ans dont se régalent les mêmes

Chinois, avec leur jaune devenu bleu, beaucoup d'Occidentaux répugnent à les goûter.

Le *tempeh* indonésien, fait de légumineuses comme le soja avec l'ajout d'une moisissure qu'on récupère sur la fleur d'hibiscus, Rhizopus oligosprorus, avec son duvet filamenteux épais et son odeur douceâtre n'est pas spécialement appétissant pour un Européen. De même le *natto* japonais, du soja ensemencé avec un bacille, et qui devient filant, glaireux et gluant, avec une saveur de fromage, ne fait même pas l'unanimité chez les Japonais.

Et le beurre ! En France nous aimons le beurre, qu'il soit demi-sel ou doux, et nous l'aimons frais. Nous le gardons soigneusement au réfrigérateur, même en hiver, au risque de le tartiner difficilement, et nous avons l'œil sur la date limite indiquée sur le paquet. Si on préfère cela, c'est pour des raisons de goût uniquement car il n'y a aucun risque hygiénique à laisser le beurre à température ambiante, ni à le manger au-delà de la date indiquée. Dans certains pays comme en Irlande, c'est même une hérésie de garder le beurre au frigo. Et rappelons que les réfrigérateurs n'ont été généralisés en Europe occidentale que depuis environ soixante ans (ma grand-mère n'en avait pas), et pourtant on mangeait du beurre bien avant cela. Le beurre avait donc un goût plus fort. Nos contemporains jettent ce qui reste du paquet entamé dès qu'il présente une odeur un peu prononcée. En réalité il est insensé de mettre une date limite de consommation sur le beurre. On a retrouvé en 2016 dans une tourbière en Irlande une motte de beurre âgée d'au moins deux mille ans et qui était tout à fait comestible. Du fait de sa fermentation, le beurre « rance » est non seulement parfaitement mangeable, mais bien meilleur pour la santé grâce à l'acide butyrique qui est produit. D'autres cultures culinaires utilisent le beurre uniquement quand il est rance : dans la cuisine arabe, que seraient les tajines et le couscous sans le *smen* qu'on garde pendant des années dans des pots de grès bien fermés et qui prend une saveur de fromage ? En Inde, le ghee est à la fois un ingrédient culinaire et un remède dans la pharmacopée ayurvédique. Au Tibet, la grande spécialité est le beurre de yack rance et salé qu'on ajoute dans le thé. Mais à Paris, rance est synonyme de mauvais, impropre à la consommation et c'est fort dommage.

Remarquons au passage que certains ont intérêt à maintenir cette croyance fort inutile. Ce sont les industriels de l'agroalimentaire, qui indiquent des dates de péremption arbitraires sur leurs produits, afin d'en vendre toujours plus. Un yaourt serait impropre à la consommation, donc pourri, passé deux ou trois semaines ? Ce même yaourt serait aussi impropre à la consommation s'il a passé vingt-quatre heures à température ambiante ? Mais en Asie centrale, on conserve les yaourts qui s'égouttent et qui sèchent à température ambiante pendant plusieurs années, voire dizaine d'années ! Vous avez bien lu. Certes il ne s'agit pas de yaourts industriels sortis des immenses cuves d'une usine et sans aucun doute cela est mieux pour la conservation. Mais ce qui est vrai, outre le fait qu'un yaourt ne se périme pas, c'est que l'industrie agroalimentaire fausse notre perception du mangeable en installant une méfiance généralisée pour tout ce qui n'est pas issu d'elle-même. Une crainte pour tout ce qui est hors de son champ d'action, comme le lait cru, la fromagerie ou la charcuterie traditionnelle. Ce qui n'est pas stérilisé, désinfecté, appertisé, pasteurisé, et tout ce qui n'a pas la fameuse date limite de consommation est suspect. Tout ce qui est hors des clous qu'elle a elle-même institués est pourri! En jouant sur la peur de s'empoisonner, elle fausse nos repères et nous fait regarder des comestibles comme du pourri, ce qui revient à prendre des lanternes pour des vessies.

La frontière entre les deux appréciations, périmé ou comestible, pourri ou fermenté, pourri ou suri, rance ou mangeable, délicieux ou répugnant, varie donc, non pas selon les produits eux-mêmes, ni les individus qui les produisent et les mangent, mais selon les idéologies, les groupes humains, les familles, les communautés, les religions, les classes sociales, les pays, les régions, les continents. Rien n'est plus subjectif! Bien évidemment, chaque membre d'un groupe trouve que sa propre manière de s'alimenter est la meilleure, et que son goût est le seul bon goût possible. Les nourritures fermentées autochtones sont des délicatesses hautement gastronomiques, mais celles des étrangers sont pourries et prouvent leur manque de goût, leur inculture, voire leur barbarie. Ils mangent des nourritures de sauvages.

En Amérique du Nord, la bouillie fermentée de maïs dont les femmes amérindiennes mâchaient et recrachaient les grains, ou encore les jeunes épis fermentant dans des jarres d'eau pendant des semaines, révulsaient les colons arrivés d'Europe, mais régalaient les Amérindiens qui préparaient ces mets en cachette longtemps après avoir été colonisés. La panse de caribou farcie de sang chaud, puis nouée et fermentée était comme de la « confiture » pour les Indiens du Canada, et une chose immonde pour les nouveaux arrivés européens chantres de la civilisation. Cette même peau de renne remplie de sang mêlé avec les lèvres, les rognons, la panse, le foie, les artères, les tendons, les oreilles, les jeunes bois de printemps gorgés de sang et même les sabots passés au feu, recousue, et laissée maturer un ou deux mois au soleil, régalait les peuples de Sibérie orientale. Ce délice fut carrément interdit quand les Soviétiques vinrent acculturer les Tchouktches et les Aléoutes. Il paraît que cela donnait la brucellose, maladie qui, en réalité, peut se contracter par la consommation de n'importe quel gibier, fermenté, pourri ou non. L'argument sanitaire est toujours employé comme fausse excuse quand on veut obliger les gens à adopter une alimentation plus industrielle ! Par la même occasion, le pouvoir stalinien réquisitionna aux Tchouktches leurs troupeaux semi-sauvages, contraignant ces peuples à acheter leur nourriture aseptisée dans des magasins d'État, au nom de la collectivisation, du progrès, et de la civilisation. Mais c'est une autre histoire.

Cet estomac de renne farci d'abats et longuement maturé en plein air, exotique pour nous, n'est pas sans rappeler le haggis, plat national des Écossais qui consiste en une panse de brebis farcie d'abats, foie, poumon et cœur de mouton, et d'une bouillie d'avoine qui, autrefois, était fermentée. Le haggis fut brocardé dans les années 1960 dans un célèbre sketch de Jacques Bodoin, qui se moquait de ses qualités gustatives et odorantes. Il utilisait un vocabulaire imagé qui correspond exactement à la manière dont on caricature les aliments fermentés des cultures culinaires étrangères. Ces aliments odorants sont considérés comme pourris et qualifiés d'excréments ou de charogne. « Quand on l'a apporté sur la table, j'ai cru que c'était de la crotte… Et plus tard, quand j'y ai goûté, j'ai regretté que ça n'en fût point. »

Le haggis comme la panse de renne des Aléoutes, est de la grande famille des saucisses, saucissons et autres andouillettes, dans laquelle un hachis de viande et/ou d'abats est embossé dans un boyau naturel, puis laissé à maturer jusqu'à ce qu'une flore naturelle fasse le travail. S'il est évident et facile pour certains de manger de l'andouillette, ce n'est pas le cas pour tout le monde. La poularde cuite en vessie de la célèbre Mère Brazier, ultime avatar très adouci, et ô combien délicieux, d'un même procédé, est plus consensuelle, mais elle relève de la même cuisine ancestrale, voire préhistorique, qui utilisait panses et boyaux comme récipient de cuisson ou de préparation, et d'affinage.

Nous constatons encore que le pourri des uns est un délice pour les autres. Malgré les apparences, il est admis par un grand nombre de Français que le camembert n'est pas pourri, que le roquefort n'est pas moisi, que le munster et le maroilles, même s'ils sentent les pieds, ne sont pas des choses avariées à jeter à la poubelle! Ces aliments sont issus d'une fermentation : une transformation réalisée par des micro-organismes, moisissures, bactéries, levures ou champignons… Ce qui est exactement le cas de la pourriture, si nous reprenons sa définition. Les deux ont donc le même processus d'élaboration.

Alors, pourri ou fermenté ? Comestible ou avarié ? Oxymore ou paradoxe ? Existe-t-il vraiment une différence ? Où se situe la lisière entre la forêt touffue du pourri et la plaine cultivée du bon à manger ? Et surtout, y a-t-il réellement une contradiction entre les deux notions ? Si elle existe, cette différence est ténue. On est sur le fil d'un rasoir. La frontière n'est pas de l'ordre du physique. Les micro-organismes font le même travail dans les deux cas : ils transforment la matière, et fabriquent ce que les scientifiques appellent des métabolites, c'est-à-dire des substances que dans un cas nous jugeons bonnes pour le goût et la nutrition, et dans l'autre cas mauvaises au goût, et surtout répugnantes, ces points étant hautement subjectifs. Plus objectivement on pourrait dire que le fermenté amène à la conservation de l'aliment tandis que le pourri amène à sa décomposition. Mais c'est à relativiser aussi. Les deux sont imbriqués l'un dans l'autre, nous le constaterons dans les pages qui vont suivre. Pourri et fermenté nourrissent conjointement le grand cycle de la vie et de la mort. Et parfois, le pourri conserve au lieu de détruire ! La différence est donc principalement une question de point de vue. Si on se place du côté des mangeurs qui ont appris à les apprécier, ces aliments ne sont pas le moins du monde pourris : ils sont fermentés, et de plus, c'est de la gastronomie, nuance !

Selon l'anthropologue Claude Lévi-Strauss, nous consommons notre nourriture sous trois formes : crue, cuite ou pourrie. Ces mots sont les trois pointes d'un triangle dont les lignes droites sont orientées soit du côté de la nature, soit du côté de la culture. Il emploie ce mot : pourri. Par pourri, il entend en réalité tout ce qui est fermenté : que ce soit le fromage, la bière ou le gibier faisandé. L'anthropologue souligne que la cuisson est la transformation culturelle de l'ingrédient cru. Tandis que la putréfaction en est la transformation naturelle : tout finit par pourrir un jour, quoi qu'on fasse. Le passage de la nature à la culture passerait donc selon lui par l'apprivoisement du feu et la cuisson des aliments. Il y a donc du civilisé dans le cuit et du barbare dans le pourri : c'est bien ce que pensaient les colons européens devant le maïs puant des Amérindiens ou les touristes français devant le haggis : « ces gens-là ne sont pas comme nous ! »

Notons qu'il existe une part de racisme dans l'appréciation des aliments comme pourris et dégoûtants. Une certaine tournure d'esprit qui ne cherche pas à comprendre pourquoi ces étrangers mangent cela et le trouvent bon. Un complexe de supériorité et surtout une généralisation : « LES Vietnamiens mangent du poisson pourri », « LES Africains consomment du gibier à moitié décomposé », « LES Français mangent des fromages qui puent ». La généralisation : mère de la xénophobie.

Le triangle culinaire de Lévi-Strauss est une manière de simplifier les choses, qui sont sans doute plus complexes. Si la pourriture est effectivement naturelle, en réalité, on constate que l'élaboration d'un aliment fermenté, quel qu'il soit, est hautement culturelle. Il faut un bon degré de civilisation pour élaborer ces aliments particuliers ! En effet, si on laisse faire la seule nature, sans intervenir, le haggis et le camembert évolueront sur le versant obscur de la fermentation, et le résultat ne sera pas comestible ! N'ayons pas peur de le dire : il est beaucoup plus difficile d'élaborer ces aliments que de cuire un steak sur un tas de braises. La nature et la culture sont fortement imbriquées là-dedans, et les distinctions ne sont pas si simples à établir, tandis que les paradoxes sont nombreux : l'aliment pourri est à la fois naturel dans son processus ET culturel dans sa préparation, sa consommation et sa symbolique. Le pourri nous emmène dans une dimension verticale, il transcende le simple fait de se nourrir.

Dans l'exemple des GI's et du livarot, les barbares sont-ils les soldats américains dégoûtés par l'odeur des fromages, ou bien les fermiers producteurs dudit fromage qui l'ont élaboré selon des méthodes ancestrales et traditionnelles transmises depuis des générations ? Quels sont les plus « civilisés » des deux ? On peut se poser la question, et la réponse dépend du point de vue que l'on adopte. N'y a-t-il pas autant de subjectivité dans la distinction barbare/civilisé que dans celle du délicieux ou du répugnant, du pourri et du comestible ?

UN POURRI POUR TOUS
ET TOUS POUR UN POURRI !
Le pourri est la chose du monde la mieux partagée

Voyageons un peu. Les Asiatiques qui se bouchent le nez avec dégoût devant nos fromages connaissent encore d'autres pourritures extrêmes dans leur gastronomie, auxquelles les papilles européennes ont parfois du mal à s'accoutumer : le nuoc-mâm vietnamien et le *nam pla* thaïlandais, sont des sauces de poissons dont l'élaboration est simple et naturelle en apparence. Des petits poissons entiers sont mis dans une saumure et laissés à température ambiante jusqu'à ce qu'ils se liquéfient complètement par un phénomène d'autolyse. Le *padek* laotien est du même acabit, sauf qu'il comporte aussi les morceaux de poissons non encore dissous. Fermentation ou pourriture ? Nos narines européennes trouvent souvent ingrates ces sauces qui forment pourtant l'ossature de la cuisine du Sud-Est asiatique comme celle de la côte ouest de l'Afrique. Ne qualifie-t-on pas parfois le nuoc-mâm de « jus de poisson pourri » ? Il existe encore en Asie des ingrédients culinaires comme les pâtes de crevettes fermentées, les petits crabes verts en saumure, les crevettes séchées (qui sont en réalité plus que simplement « séchées » et réduites en pâte, le processus est poussé plus loin, mais chut!).

Le même genre de produits, est également courant en Afrique subsaharienne pour assaisonner la cuisine locale qui ne serait pas la même sans eux. Le *kéthiakh*, le *sali* sont des poissons salés et séchés, très odorants. Le *tambadiang* un petit poisson salé, séché, faisandé entier. Le *momoni* est un condiment très répandu, issu de poissons de différentes espèces. On le retrouve sous différents noms au Sénégal, au Ghana, au Togo, au Bénin, en Côte-d'Ivoire. Son odeur est puissante, il assaisonne les soupes et les ragoûts. De goût presque identique, le *guedj* est du poisson fermenté, salé et séché qui garde sa texture. Il en est de même du *lanhouin*, couramment utilisé comme condiment dans le golfe du Bénin, au Togo et au Ghana, il est fabriqué par les femmes uniquement. Quant au *yet* et au *touffa*, ce sont des gastéropodes fermentés séchés, le *yokhoss* est une huître séchée. Ces produits aux saveurs fortes sont très appréciés d'une bonne partie des populations d'Afrique de l'Ouest et centrale.

Il faut dire que sous ces latitudes au climat très chaud et humide, le poisson, à peine pêché, commence déjà à fermenter. Processus naturel de pourrissement. Mais processus que les hommes ont apprivoisé pour en faire ces ingrédients gastronomiques importants dans la diète locale. Importants aussi pour la survie des populations car ils constituent une grande part des apports en protéines alimentaires. C'est pourri, mais d'une manière contrôlée. La nature fait sa part, et l'humain aussi. Cette part-là est nécessaire.

Le processus d'élaboration du *lanhouin* comme celui du *padek* nécessite un passage du côté tendancieux et glissant de la pourriture. Si vous reniflez ces ingrédients tels quels, il y a de fortes chances que leurs effluves soient rebutants à vos narines. Cependant lorsqu'ils sont cuisinés, ce sont eux qui donnent ce goût sublime et unique aux plats de la cuisine thaïe ou vietnamienne, comme à la togolaise ou sénégalaise. Et dans les pays chauds on mange des plats relevés ! Or, la première manière d'assaisonner les mets, c'est de les laisser naturellement maturer : rien n'est ajouté, c'est la simplicité même. Il suffit d'attendre.

Dans les îles du Pacifique, le *fafaru* est un mets de choix, constitué par des crevettes fermentées dans de l'eau de mer. Au Japon, le *funazushi* est une spécialité de carpe très fermentée de la préfecture de Shiga, plus connue pour être la région du bœuf Wagyu. Ailleurs, les *narezushi* sont préparés à partir de divers poissons d'eau douce ou d'eau de mer. Tous font partie de ces poissons considérés dans d'autres cultures comme totalement pourris. Ce sont des mets rares et chers, des spécialités pour connaisseurs. L'odeur est puissante, la saveur forte et acide, mais contrairement aux idées reçues, elle s'adoucit avec le temps : on gagne à laisser mûrir longtemps ces délices. Le poisson est débarrassé de sa peau, éviscéré, rempli avec du sel et placé en couches dans un tonneau au couvercle lesté de pierres. Il y passe un an. On le sort après cette première année puis on le sèche et on l'empaquette dans du riz. Il fermentera encore deux ou trois ans ainsi. Le riz, qui finit par se liquéfier totalement avec le temps, est changé tous les ans.

Du poisson cru dans du riz, cela ne vous rappelle rien ? Mais si : les sushis, évidemment ! Ces boulettes de riz vinaigré surmontées de poisson cru, tellement à la mode, tellement civilisées et propres ! Les sushis sont complètement dévoyés par l'industrie alimentaire, et ne sont plus aujourd'hui que l'ombre affadie d'eux-mêmes. Les *narezushi* sont littéralement les ancêtres pourris des sushis. Il est difficile de le deviner quand on les achète en barquettes au supermarché ! Les sushis modernes sont un ersatz, sans grand caractère, du moins ces boulettes ou rouleaux insipides que l'on trouve préemballés dans le commerce et qui comportent bien plus de riz que de poisson. Le vinaigre apporte la touche d'acidité que donne normalement la fermentation. Tout se perd, surtout le goût du pourri, qui est pourtant la chose la plus universelle qui soit !

Dans la cuisine thaïlandaise le *pla raa*, ou *balaa* (littéralement « poisson pourri ») est constitué de poissons d'eau douce fermentés pendant trois à six mois dans le son de riz. Il est indispensable pour assaisonner la salade de papaye verte, comme au Laos où l'on utilise aussi des crabes fermentés.

Ingrédients et méthodes de non-civilisés ? Vraiment ? Mais la recette des sauces et pâtes de poissons asiatiques est identique à celle du fameux *garum*, sauce de poissons fermentée, de l'Antiquité méditerranéenne ! Le mot latin *garum* vient du grec *garos*, petit poisson. Et l'*hallex* de petits poissons dont Pline et Columelle donnent le procédé de fabrication rappelle vraiment le *padek* des Laotiens comprenant du liquide et du solide. Les anciens Sumériens le connaissaient aussi. Ils préparaient une sauce nommée *siqqu* inscrite dans les tablettes de Yale datées de cinq mille ans avant le présent. Elle pouvait aussi être à base de sauterelles.

Le *garum*, était l'assaisonnement phare de la cuisine des Grecs et Romains de l'Antiquité. À l'époque, sa fabrication était quasiment industrielle sur tout le pourtour de la Méditerranée. Le *garum* de l'Antiquité avait ses marques et ses labels de prestige, tandis que d'autres fabrications étaient considérées comme médiocres. Certains flacons de *garum* de qualité supérieure pouvaient valoir le prix de l'or. C'est un peu difficile à comprendre pour nous, sauf si l'on se réfère au fait que les Vietnamiens ont aujourd'hui obtenu une appellation d'origine protégée pour le nuoc-mâm provenant de l'île de Phu Quoc, un produit noble et de grande qualité, dont le prix évidemment n'est pas le même que celui du tout-venant. Nous comprenons fort bien que des bouteilles de vin prestigieux puissent atteindre des prix astronomiques, c'était la même chose pour le *garum* antique.

À ce propos, remarquons que les appellations d'origine contrôlée, AOC françaises, aujourd'hui remplacées au niveau européen par les AOP, appellation d'origine protégée, furent créées au départ uniquement pour des produits fermentés : vins et fromages. Certains objecteront que le vin n'a rien à voir avec du pourri. Cependant pour les auteurs de l'Antiquité, c'était bien le cas. Empédocle utilise le terme *sepein* pour décrire le vin : il signifie « pourri ».

(Ce mot a donné septique, septicémie, aseptiser, etc., en français.) Le vin est un état de l'eau… pourri.

Plus proche de nous, il existe des avatars modernes du *garum*, encore considérés par les amateurs comme des merveilles gastronomiques : le pissalat niçois, les anchois marinés au sel du Languedoc, ainsi que la *colatura di alici di Cetara* si prisée dans la cuisine italienne. Ce sont des produits rares et labellisés Slow Food. Sont-ils pourris ou fermentés ? Et la sauce worcestershire qui cache la fermentation des anchois dans une longue liste d'ingrédients, qu'est-elle ?

IL Y A QUELQUE CHOSE DE POURRI AU ROYAUME DU DANEMARK…
Et ailleurs aussi

Le goût et le dégoût du pourri qui varie selon les populations n'a pas été remarqué seulement aujourd'hui. Conrad Gesner, un naturaliste suisse, mentionne au XVIe siècle que plusieurs espèces de poissons fermentés sont recherchées avec empressement par les nations septentrionales tandis que celles qui occupent l'intérieur de l'Europe les rejettent avec dégoût. On ne sait exactement s'il parle du *rakefisk*, du *gravlaks* ou autre *surströmming*, mais ce qu'il affirme est toujours valable aujourd'hui !

Attardons-nous un peu sur les *Rakefisk*, *gravlaks* et *surströmming*, qui vont nous faire comprendre l'étendue gustative hyperbolique des aliments pourris. Ces trois procédés sont de la même famille et on les retrouve dans toutes les régions circumpolaires. Le *rakefisk*, aussi appelé *surfisk*, ou *gravfisk*, est une spécialité norvégienne, suédoise et aussi finlandaise, qui s'est rudement euphémisée dans la recette du saumon gravlax de nos restaurants à la mode. On produit généralement de nos jours un gravlax en douze heures dans nos cuisines, alors que le véritable *gravlaks* doit attendre plusieurs mois (si, si!) avant d'acquérir son goût si exquis. En effet, lorsque vous dégustez un « saumon gravlax », ou un « gravlax de saumon », vous vous régalez non seulement d'un pléonasme, mais d'un délicieux aliment dont la recette exige qu'il soit pourri!

Le nom du *gravfisk* ou du *gravlaks*, vient du norrois *grävä*, et du proto-germanique *grab*, lui-même tiré du proto-indo-européen **ghrebh* signifiant « trou dans la terre, fossé, tombe », et qui a aussi donné *grave* en anglais, et *Grab* en allemand, par exemple. *Fisk* signifie poisson et *laks* saumon. Il s'agit donc littéralement de « poisson (ou saumon) enterré ».

Cette technique ancestrale s'applique à tous les poissons gras, mais elle se pratique également avec de la viande, notamment du bœuf. Autrefois les pêcheurs enterraient les tonneaux de poissons légèrement salés dans le sable d'une plage au-dessous du niveau de la marée haute. Sous l'effet du sel, le poisson se recouvre de saumure à partir de son propre jus. Les bactéries lactiques ayant trouvé là un milieu favorable, commencent à acidifier la préparation : la fermentation en assure la longue conservation et donne son goût à la chair du poisson. La méthode moderne pour faire le *gravlax* consiste simplement à saler le poisson, avec environ 6 % de sel et un peu de sucre, lui ajouter des aromates comme de l'aneth, du fenouil, du poivre, des graines de coriandre. On place ensuite une planchette munie d'un poids, on entrepose au frais et on laisse faire l'effet de l'osmose qui va faire sortir l'eau de la chair. Le poisson va baigner dans une saumure abondante, qui va assurer sa conservation. Il ne faut surtout pas l'égoutter : tant qu'il baigne dans sa saumure, il va se conserver, et cela peut durer non pas des jours, mais des semaines. Le temps est un ingrédient comme un autre.

Autre exemple de poisson enterré, le *hákarl* islandais. Tellement estimé que son nom signifie littéralement « Monsieur requin ». Une appellation qui témoigne du respect qu'on lui portait. Il s'agit du requin arctique qui a la particularité d'emmagasiner l'urée non pas dans des glandes spéciales, mais dans le sang et les muscles. Cela lui permet de supporter la pression osmotique dans l'eau de mer. Sa chair est également saturée d'oxyde de triméthylamine, un neurotoxique aux effets enivrants… Tiens, tiens.

Ce poisson est donc toxique à l'état frais. Une variété de raie possède les mêmes caractéristiques, se prépare de la même façon et se déguste comme un plat de fête en Islande. Remarquons au passage l'identité totale des procédés dans toutes les régions de l'arctique, mais pas uniquement. En Corée, la raie fermentée devenue puante est également dégustée avec délice.

Pour le consommer sans risques, le requin est enterré dans une cavité sur l'estran. Il est recouvert de graviers et pressé par de lourdes pierres destinées à faire sortir les fluides corporels du poisson. Le processus prend du temps. Il est nécessaire d'oublier le poisson dans sa fosse entre trois et six mois environ. Les saisons passent, la marée le recouvre et le découvre deux fois par jour, les températures changent. Cela permet à la chair d'évacuer son urée. De l'ammoniac est produit lors de cette transformation. Le poisson est ensuite déterré. Le requin est taillé en lanières puis suspendu pour sécher encore quelques mois. Une croûte brune se développe en surface. Elle est éliminée au moment de la dégustation, la chair est découpée en cubes pour être consommée avec du *brennivin*, l'alcool de grain local. Il faut une boisson forte pour une nourriture encore plus forte ! Le résultat donne une chair tendre au parfum puissant d'ammoniac et à la saveur proche d'un maroilles ou d'un munster bien affiné. Les étrangers décrivent ce plat comme ayant l'odeur et le goût du poisson avarié… et des fromages français forts. Ceux qui justement provoquent le mépris des non Français. C'est pourquoi en général les Français ont un peu moins de mal que les autres à accepter la véhémence du *hákarl*. Encore une fois, le raffinement des uns devient pourriture et objet de répulsion chez les autres. Ou parfois les deux en même temps, dans un étrange jeu d'amour et de haine ! Nouveau paradoxe : c'est répugnant mais c'est délicieux, en même temps.

Le *surströmming,* hareng fermenté suédois n'est plus enterré, la modernité étant passée par là, mais il entre dans cette catégorie des poissons dont le goût et le dégoût ne font pas l'unanimité, c'est le moins qu'on puisse dire. C'est un hareng mis en boîte, comme une vulgaire sardine, mais le détail important est que la boîte n'est pas appertisée. Le poisson continue donc son évolution durant quelques mois, voire plus d'un an car les connaisseurs préfèrent le millésime de l'année précédente. La boîte se gonfle des gaz de fermentation et devient ronde comme un ballon. C'est à la fin août que la saison du *surströmming* commence. La fermentation des poissons pêchés en avril-mai s'est déroulée tout l'été : on peut ouvrir les premières boîtes de l'année. Un festival du *surströmming* se déroule tous les ans à Alfta, dans le Hälsingland, dans le nord du pays. Le troisième jeudi d'août, il est coutume d'organiser des *surströmming parties.* Sa consommation donne lieu à tout un rituel social. En raison de l'odeur puissante de ce mets, c'est uniquement à l'extérieur que ça se passe. On doit d'ailleurs prendre certaines précautions pour ne pas provoquer un véritable geyser en raison de la pression exercée à l'intérieur, ce qui occasionne tout un cérémonial. En général, on place la boîte dans une bassine d'eau pour ne pas recevoir en plein visage la vague jaillissante de jus de poisson puant. On trouve d'ailleurs sur internet beaucoup de vidéos montrant l'infortune de certains amateurs de *surströmming*.

La manière de les accommoder donne toujours lieu à de grandes discussions entre connaisseurs. La plupart du temps, les poissons sont sortis de la boîte, vidés et rincés, puis découpés en lamelles. On les dresse sur un pain plat légèrement sucré, beurré, garni de tranches de pommes de terre cuites, d'oignon émincé, de crème sure et d'aneth. Une bière fraîche et un verre d'aquavit arrosent obligatoirement la dégustation, quoique certains préférassent un verre de lait fermenté. La texture est tendre et fondante, la saveur acidulée, ronde et piquante, mais beaucoup plus douce que l'odeur ne le laisse supposer, comme c'est le cas de nombreux aliments pourris. Il faut toujours un peu de courage avant d'accéder à la récompense.

JEUX DE MOTS POURRIS
Un peu de vocabulaire

Il y a toujours un peu de pourri dans le fermenté, en toute objectivité. On s'en rend compte dans le vocabulaire. La définition de l'adjectif « fermenté » par le Centre National de Ressources Textuelles et Lexicales est la suivante : « Qui a subi une fermentation. Fromage fermenté. » C'est le sens propre. Mais si l'on regarde le sens figuré : « Qui se décompose, se dégrade. *Une odeur de saumure, de légumes fermentés, de harengs saurs* (Octave Mirbeau, *Le Journal d'une femme de chambre*) », il nous ramène directement à notre propos. Pourri, fermenté, la nuance n'est pas claire dans la définition du dictionnaire : le sens propre et le sens figuré s'entremêlent et font de ces deux mots des synonymes dans une acception plutôt péjorative.

Donc, fermenté rappelle pourri, et pourri rappelle putréfié. Si le fermenté est proche de la putréfaction, il n'est pas étonnant que les produits fermentés puissent paraître pourris à certains. D'autant plus que certaines préparations culinaires ont la réputation de fermenter malencontreusement dans nos intestins, tels les haricots et autres légumineuses, provoquant des embarras à odeurs de… pourri. Et cela n'arrange pas la réputation du mot fermenté.

En raison de cette dangereuse proximité, le mot « fermenté » est très largement occulté dans le vocabulaire alimentaire. On le dit du bout des lèvres, ou pour provoquer. Au point que l'on ignore généralement que de nombreux aliments de consommation courante sont fermentés. Pourtant il y en a beaucoup. Le pourri a besoin de cacher son identité derrière d'autres mots.

Par exemple on ne dit pas d'un saucisson qu'il est fermenté, on indique qu'il est séché. Le jambon ou le saumon sont fumés, et personne ne précise qu'ils sont aussi salés et fermentés avant de passer dans la fumée. Les citrons marocains sont confits, les olives saumurées, le gravlax est mariné comme le ceviche. Le pain est levé, le vin vieilli, le fromage affiné, l'entrecôte maturée. Comme l'anchois pourri bien masqué dans la liste des ingrédients de la sauce worcestershire, le fermenté qui ne veut pas se reconnaître tel qu'il est, se protège par des écrans, par d'élégants paravents. Il s'euphémise. On dit qu'un aliment est « cuit au sel », affiné, maturé, vieilli, mariné, macéré, mûri, séché, rassis, salé, reposé, boucané, fumé, ranci… On clame rarement qu'il est fermenté, encore moins qu'il est pourri. On n'assume pas ! On ne veut pas paraître canaille ou barbare !

Dans l'imaginaire traditionnel, la fermentation est associée à la chaleur, qui provoque aussi la putréfaction. Le verbe « fermenter » vient en effet du latin *fermentare*, qui signifie « transformer à l'aide d'un ferment », le *fermentum*. Ce mot est lui-même issu de *fervere*, « bouillir ». L'observation d'un liquide en cours de fermentation montre un dégagement gazeux important. Il se remplit de bulles qui viennent éclater en surface et prend l'aspect d'un liquide en ébullition. La fièvre, du latin *febris*, était autrefois associée à une fermentation du sang. La même généalogie existe en grec : le mot *zyme*,

« ferment » est étymologiquement cousin de *zeo*, « bouillir », et *zomos*, « bouillon ». Dans l'Antiquité, la fermentation est expliquée par la théorie de la chaleur comme principe vital universel. Hippocrate et Aristote précisent que les eaux stagnantes peuvent « pourrir » sous l'effet de la chaleur qui les épaissit. On avait bien sûr aussi remarqué que le levain du pain se développait plus vite quand il faisait chaud. Toutes les pourritures sont accélérées quand il fait chaud ! Ne connaissant pas l'existence des micro-organismes, la science ne pouvait comprendre le processus de la fermentation. Ce n'est qu'en 1787 que Adamo Fabbroni soupçonna que la fermentation du vin est produite par une substance vivante « végéto-animale » contenue dans le moût, et identifia la levure comme une substance organique, mais cette hypothèse décrite au milieu de beaucoup d'erreurs ne connut pas un grand essor. Durant des siècles, la seule définition retenue pour la fermentation est celle de « décomposition spontanée ». On voit là que la frontière ténue entre le « pourri » et le « fermenté » est pour le moins floue, depuis l'Antiquité jusqu'à ce que Louis Pasteur attribue la fermentation à ses véritables auteurs : les bactéries et les levures. Et aujourd'hui ?

Nous avons vu que les micro-organismes jouent le même rôle dans la pourriture ou décomposition que dans la fermentation de la nourriture. Dans les deux cas la matière organique est transformée pour créer de nouvelles substances. La différence que nous faisons entre le fermenté et le pourri réside dans la nature des substances créées et surtout la finalité du processus. La fermentation aboutirait à la conservation de son substrat ; la pourriture aboutirait au contraire à sa destruction finale. Si des substances utiles et bénéfiques sont créées, acide lactique, alcool, vitamines, molécules aromatiques, il est appelé « fermentation ». Si les substances créées sont principalement nocives, c'est le cas du sulfure d'hydrogène ou d'ammoniac, le processus est appelé « décomposition ». Mais pourtant l'ammoniac est produit dans l'affinage des fromages, et personne ne dit qu'un fromage est en état de décomposition ! Alors où se trouve réellement la frontière ?

Il existe un autre mot désignant la fermentation dans la langue française. Voyons s'il peut nous guérir de cette schizophrénie débutante. Un mot ancien employé par des auteurs comme Adam Maurizio par exemple, dans sa magistrale *Histoire de l'alimentation végétale depuis la préhistoire jusqu'à nos jours.* C'est le mot « suri ». Sous la plume de Maurizio, tout aliment fermenté est suri. On parle de surissage comme synonyme de fermentation.

Suri est donc selon le CNRTL, le participe passé du verbe *surir*, qui vient de l'adjectif *sur*, signifiant « aigre, acide ». La définition de *surir* est : « devenir aigre à la suite d'une fermentation ». Suri est donc un synonyme de fermenté, avec la nuance de l'acidité. Le verbe *surir* est ancien dans la langue française. On le rencontre souvent dès l'invention de l'imprimerie. En général, *suri* est utilisé comme synonyme d'acide ou aigre, mais aussi d'amer ou de salé.

Dès le XVIe siècle, on l'emploie pour désigner ce processus qui n'est pas encore connu comme fermentation, mais qui entend expliquer ce phénomène inconnu : le cidre par exemple, est fait de pommes suries. Le point commun entre tous les aliments fermentés était le goût aigre ou acide ou amer. Ce sont ces propriétés gustatives que désigne le verbe *surir*.

La racine *sur* n'est pas uniquement cantonnée au français. Elle se retrouve dans de nombreuses langues européennes pour désigner le même sens. L'adjectif *sur* serait arrivé en français par les langues picarde et normande. Ainsi en anglais ancien on trouve le mot *sur*, puis *sour*, employé dans *sourdough*, levain, qui est bien une pâte aigrie. On trouve aussi cette racine dans le proto-germanique *sura* puis *sour*, source du nordique ancien *surr*, qui a donné le *surfisk* et le fameux *surströmming*, le célèbre hareng fermenté suédois, archétype de l'aliment pourri ! On la trouve également dans le moyen néerlandais *suur*, le néerlandais *zuur*, l'allemand ancien *sur*. L'allemand moyen *sauer*, présent dans *Sauerkraut* a donné le mot choucroute en français. Le *serum* en latin est encore dérivé de cette racine.

En français le hareng *saur* est le direct héritier de ce vocable, que l'on retrouve aussi dans la langue alsacienne avec le *surirüawa* ou navet dit « salé » qui se déguste comme la choucroute. La racine « *sur* » se retrouve encore avec le même sens exactement dans l'est de l'Europe, dans le polonais *zur*, dérivé en *zurek* qui désigne une soupe au levain de seigle et *siers* le fromage. Mais également le slavon d'église *syru*, le russe *syroi*, le biélorusse *syr*, le tchèque *sýr*, le letton *siers* désignent le fromage. Quant aux lituaniens *suras* et *suris*, ils signifient respectivement « salé », et « fromage ». On peut encore aller plus au sud jusqu'au macédonien *sirenje*, et même au grec *tyros* où le s a été transformé en t par déformation, pour trouver le nom du fromage.

Sa vaste répartition est l'indice de sa grande ancienneté, le mot est identifié en proto indo-européen supposé par la forme **suro*, signifiant acide, salé ou amer, c'est-à-dire un vocable induisant clairement des résultats gustatifs issus de la fermentation. Cette langue était parlée par un peuple vivant dans les steppes au nord du Caucase vers 5 000 ans avant J.-C. Suri est un mot employé quasiment tel quel depuis sept mille ans au moins ! Et si le mot existe, c'est que la chose existe aussi : la fermentation était bien utilisée à cette époque, et s'est transmise chez tous les peuples qui ont adopté le mot, c'est-à-dire principalement les peuples de l'aire balto-slave.

En Normandie jusqu'au XIXe siècle on préparait une conserve de lait acidifié connue sous le nom de caudelée, ou caudiaux, mais qu'on appelait aussi *sérat* ou *surat* (prononcé « tcheura » en patois normand). Il s'agit d'un lait écrémé qu'on gardait dans un tonneau durant plusieurs mois, en rajoutant chaque jour un peu de lait, à mesure des prélèvements, et qui fermentait et s'acidifiait. C'était une manière de conserver le lait d'une saison à l'autre. On utilisait ce lait suri dans la soupe, ou bien pour faire des bouillies et des crêpes de sarrasin. Le nom normand n'est pas sans rappeler le *sérac*, fromage de petit-lait de la Savoie. Le *sérac* est un fromage de sérum de consistance solide, alors que le *sérat* est un lait écrémé fermenté de consistance liquide. Bien que le sérum ne puisse être obtenu qu'après acidification – surissement – du lait, les deux produits sont donc bien différents. Mais il est certain que tous ces mots proviennent de la même racine qui a donné aussi *suri*.

On lit ce témoignage dans le *Bulletin de la Société des antiquaires de Normandie* de 1939 : « On m'a renseigné sur le surissage et je me suis souvenu en avoir mangé tout jeune dans la région de Champsegret. Actuellement cet usage est disparu dans ma région.

Les jeunes se moquaient des anciens en disant qu'ils mangeaient du lait "pourri". Les cinq ou six vieilles personnes, entre 75 et 85 ans, que j'ai interrogées, considéraient cette soupe comme un régal. » Et nous retombons pieds joints dans la schizophrénie. Suri, fermenté et pourri, combat de génération ?

Mais alors, le fermenté, ou le suri, ne serait-il pas du pourri « acceptable », du pourri qui ne dit pas son nom ? Le pourri est barbare, c'est celui que mangent les autres, les étrangers, ou bien les anciens d'un autre temps, ceux qui ont des coutumes étranges. Le fermenté par contre est élaboré avec art et science, il nous est ordinaire, connu : c'est celui qu'on produit chez nous. Il est donc fréquentable et civilisé. Mais n'oublions pas qu'on parle des mêmes produits ! « Fermenté » évoque quand même le pourri. Les deux mots sont devenus presque aussi péjoratifs l'un que l'autre. Pour un grand nombre de personnes, le mot fermenté est davantage synonyme de gâté, décomposé, corrompu, avarié, passé, avancé, détérioré, putride, putréfié, que le dénominateur d'un aliment délicieux. Le marketing si *clean*, si propret, si bien comme il faut, l'évacue de son vocabulaire. Et cependant on en consomme tous les jours et avec d'immenses plaisirs de dégustation. Les plus grands fleurons des gastronomies mondiales sont constitués d'aliments fermentés – donc pourris – selon le côté de la frontière sémantique où l'on se place. Faisons-nous une raison : nous mangeons effectivement du pourri, et, tous autant que nous sommes, nous adorons cela, mais sans le nommer ainsi. Nous ne pouvons accepter d'avoir tant de plaisir à le manger sans lui attribuer des qualificatifs banalisés. S'agirait-il d'un plaisir coupable ?

SE FAIRE ARRANGER
COMME DU POISSON POURRI...
Et aimer ça : oh les frissons d'un trouble plaisir !

Le plus dérangeant pour les non-initiés, dans le *surströmming*, le *hákarl*, les *narezushi* ou le pont-l'évêque, c'est incontestablement l'odeur forte et musquée qui se dégage lorsqu'on les sort de leur emballage.

Il y a deux mille ans, Pline qualifiait l'odeur du *garum* d'ingrate : « *odore quoque ingrato ceu gari.* » Et pourtant il l'appréciait, comme tous ses compatriotes. Plaute n'apparaît pas tellement plus amateur, il utilise les mots *Hallex viri* comme une injure signifiant « pourriture ». C'est ce qu'on appelle vulgairement « se faire engueuler comme du poisson pourri », expression dont la signification première était « se faire traiter de poisson pourri », injure utilisée par les harengères dont on sait qu'elles n'avaient pas la langue dans leur poche, surtout si on les soupçonnait de vendre… du poisson pourri.

L'*hallex* désigne la partie solide résultant de la fermentation des poissons, celle qui ressemble au *padek* laotien. Cette partie solide était moins qualitativement réputée que le *garum* ou *liquamen* qui en était la partie liquide, le haut de gamme. Elle était bon marché et donc consommée par le peuple, voire les esclaves. D'où le mépris supplémentaire.

Pline insiste donc sur l'odeur. L'odeur de l'aliment pourri est souvent très forte, beaucoup plus forte que la saveur. Faites cuire la fameuse goyère au maroilles aimée des gens du Nord : les voisins humant les expressives émanations sortant du four, se demanderont ce que vous faites cuire de si malodorant. Cependant la saveur de cette tarte s'avérera des plus douces et son crémeux vous enchantera les papilles lors de la dégustation.

Les odeurs qui dérangent le plus sont les odeurs animales. Les relents de poissons ou de fromages fermentés ravissent les amateurs mais dérangent les narines profanes les plus sensibles. Elles peuvent être aussi originaires de produits végétaux, comme le durian en Asie, ou le *kawal* du Soudan. Mais même dans ce cas, l'odeur dégagée a quelque chose d'animal. Le durian est un gros fruit qui dégage un parfum très expressif et truculent, qui est dû à un processus de mûrissement venant d'une fermentation (comme tous les processus de mûrissement). Son écorce épaisse, hérissée de gros piquants, laisse voir en son centre une pulpe molle, soyeuse, un peu crémeuse, sans acidité, et ayant une saveur particulière qui est beaucoup plus douce que l'odeur. Le parfum du durian peut être détecté par les animaux qui en sont friands, comme les éléphants, par exemple, à plus d'un kilomètre de distance. Alexandre de Rhodes, un jésuite ayant voyagé en Malaisie, au Vietnam et en Chine au début du XVIIe siècle, le décrit ainsi : « dedans il est plein d'une liqueur blanche, épaisse et sucrée : elle est entièrement semblable au blanc-manger, qu'on sert aux meilleures tables de France ; c'est une chose fort saine, et des plus délicates qu'on puisse manger. » Il n'empêche que le durian est décrit par beaucoup d'Européens actuels de la manière dont Jacques Bodoin décrivait le haggis, et que ce fruit odorant est interdit dans le métro à Singapour, ville où il est cependant particulièrement apprécié. Cela montre peut-être que les goûts ont changé depuis les époques anciennes, et que nos contemporains sont bien plus timides et effarouchés que nos ancêtres face à un aliment à odeur tapageuse.

Quant au *kawal*, il est préparé à partir des feuilles de *Cassia obtusifolia*, un légume sauvage qu'on récolte au Soudan à la saison des pluies. Les feuilles sont pilées puis entassées dans des jarres enterrées. La préparation, fermentée pendant quinze jours, développe une odeur très forte. Puis la pâte est formée en boules qui sont séchées au soleil. On les consomme dans des soupes ou des ragoûts. La fermentation donne à cet aliment une haute valeur nutritionnelle, il est très riche en protéines et en acides aminés, autant que la viande ou le poisson, et ce sont ces acides aminés qui lui donnent cette odeur animale.

Et la choucroute, aujourd'hui bien douce et innocente, si l'on prolonge sa fermentation, peut également prendre des saveurs très fortes et marquées qui ne plaisent plus guère aujourd'hui.

Donc le pourrissement confère des odeurs animales aux aliments. Ces aliments pourris que nous aimons tant ont des parfums qui ressemblent à des odeurs corporelles. Ne dit-on pas vulgairement, en parlant du fromage affiné, que ça sent « les pieds », « les chaussettes sales », ou pire : « la petite fille négligée » ? C'est d'ailleurs bien observé car les mêmes micro-organismes transforment la sueur du corps humain en composés odorants. Les mêmes microbes exactement vivent aussi bien entre nos orteils que dans les caves à fromages et créent dans l'un et l'autre endroit le parfum du maroilles ou de l'époisses.

L'odeur animale et musquée, qu'elle soit corporelle, fromagère, ou issue du durian, est bannie dans notre société contemporaine. On la combat par tout un attirail de parfums, lotions, savonnettes et gels douche de plus en plus efficaces pour éradiquer les bactéries, nos ennemies numéro un. Non seulement les bactéries peuvent nous rendre malades, mais en plus elles provoquent nos pires hontes olfactives. Les écrans publicitaires sont remplis de produits efficaces sous nos aisselles ou dans notre « intimité » pendant quarante-huit heures et se vantant d'éradiquer 99,9 % des bactéries. Cela tartiné sur le corps, a-t-on encore besoin de se laver ?

La fin du XIXᵉ siècle est l'époque de la découverte des microbes par Pasteur, qui montra qu'ils étaient la cause réelle des fermentations aussi bien que des pourritures et des maladies contagieuses. Ce dernier point le paniqua. Ses contemporains témoignent d'une certaine paranoïa du grand homme qui refusait de serrer la main des inconnus, par crainte d'attraper des germes. Cette grande peur des bactéries fut à l'origine d'une véritable révolution médicale, qui aboutit quelques décennies plus tard à l'invention des antibiotiques, ce qui sauva un grand nombre de vies, tant qu'on les utilisait à bon escient.

Aujourd'hui nous comprenons les excès de ce système de lutte à tout prix contre les microbes. Les antibiotiques ne sont heureusement plus automatiques, enfin presque, car s'ils sont moins utilisés à tort et à travers par le corps médical, ils le sont hélas beaucoup trop dans l'élevage industriel. Leur utilisation intensive est la cause d'une résistance des bactéries. Cependant nous subissons encore aujourd'hui les conséquences de ce mouvement né il y a un siècle et demi : l'hygiénisme.

L'hygiénisme est presque une religion. Il est d'ailleurs né d'une religion, le protestantisme, qui promut à la fois la gymnastique, le bronzage, le végétarisme et la sobriété, le tout lié à la morale puritaine. De la fin du XIXe siècle jusqu'à aujourd'hui, l'hygiénisme s'attaqua radicalement à la saleté, celle de l'habitat, des vêtements, et celle du corps. La poussière, la crasse, voilà où logent les microbes qui causent notre perte. La malpropreté et le confinement des logements insalubres fut le combat des professionnels de la santé et des travailleurs sociaux, et tout cela fit heureusement baisser la mortalité par la tuberculose et d'autres maladies infectieuses qui sévissaient à l'époque de Pasteur. Les descriptions de logements insalubres, mal éclairés, mal aérés, remplis de désordre, repoussants de saleté, où s'entassaient des familles nombreuses, dont le père alcoolique buvait ses maigres revenus à peine gagnés, sont légion dans la littérature de l'époque. Les taudis, l'alcoolisme, la pauvreté, sont combattus par l'hygiénisme autant que par la morale. Il y avait sous-entendue l'idée de combattre la dépravation dans celle de lutter contre les taudis.

Comme on nettoie sa maison, ses vêtements, il faut donc nettoyer son corps en prenant des douches quotidiennes (le bain hebdomadaire était un luxe à l'époque de Pasteur!) Plus tard dans le XXe siècle, cela ne suffisait même plus : il fallut aussi s'asperger de substances toutes plus bactéricides les unes que les autres. L'industrie s'appropria le filon, mais c'est un autre problème. Citons tout de même ce nouveau produit qui fut inventé en 1888 aux États-Unis, pour contrer les mauvaises odeurs de la transpiration : le déodorant. Il devint brusquement indispensable dans la lutte contre les émanations indélicates provenant de la dégradation de la sueur par les microbes. Le déodorant n'est arrivé en Europe qu'à la fin du XXe siècle, dans les années 1970, et a fini par s'imposer sans qu'on ait jamais soupçonné son utilité auparavant : se laver, entretenir la propreté de son corps ne suffit donc plus ?

En réalité, plus qu'être sale, « sentir » est dérangeant. C'est un signe évident de malpropreté, une preuve d'incivilité, pour ne pas dire d'in-civilisé.

Cela évoque la part d'animalité sournoisement tapie en chacun de nous : on dit bien « sentir le fauve ». Il s'agit d'une part d'animalité absolument inacceptable. Celui qui transporte un munster dans un compartiment de chemin de fer ou une rame de métro en fait les frais : ses compagnons de voyage le suspecteront très vite d'avoir négligé le passage quotidien et obligatoire dans la salle de bains, nouvelle pièce de la maison apparue au début du XXe siècle, avec la généralisation de l'adduction d'eau, elle aussi initiée par le puritanisme. Question de contexte, car à table, les mêmes personnes peuvent se délecter d'un bon plateau de fromages. L'odeur corporelle est de l'ordre de l'intime, elle évoque l'animalité, mais aussi, plus ou moins consciemment, l'idée du plaisir. Quelque chose de nous est révélé, malgré nous, au grand jour. Quelque chose de tapi profondément à l'intérieur de notre être, de secret, d'inavouable, et qui pourtant fait partie de notre identité : l'odeur est unique pour chacun, et les animaux se reconnaissent à leur odeur. Les animaux encore ! C'est à cela que nous renvoie le parfum des aliments pourris : l'inavouable amour que nous leur portons est le signe que nous possédons quelque chose de la bestialité des origines : quelque chose du fond des âges, d'avant la civilisation.

Le parfum d'un mets, comme celui d'un corps, est une promesse de volupté. L'odeur du fromage pour un Français, de la raie faisandée pour un Islandais ou du *narezushi* pour un Japonais fait partie intégrante du plaisir de dégustation. C'est un appel, une promesse qui se concrétise par la consommation. Promesses de plaisir aussi, sont la couleur douce et le velouté de la robe moisie du camembert, la mollesse ou la fermeté de sa pâte – non, de sa chair –, la douceur en bouche, le coulant ou le pâteux sur la langue puis la saveur lactée, herbacée, piquante ou animale… Cet ensemble de sensations fait toute la sensualité de l'acte de manger ce fromage. Manger procure du plaisir corporel. Et c'est d'autant plus vrai si on mange quelque chose de pourri.

Les amateurs de vin, de bière, de café, de *surströmming*, de pain au levain, de chocolat ou de thé associeront le parfum et le goût de leur mets préféré, dans le même désir de plaisir et de sensualité. Tous ces aliments, dont certains semblent anodins ont en eux une part de pourri, car tous ont eu leur saveur élaborée par des microbes.

L'hygiénisme ne s'attaque pas seulement à l'extérieur de notre corps. Il nous oblige à rendre irréprochable l'intérieur de notre organisme, c'est-à-dire rendre l'alimentation propre et pure de tout germe. Les aliments fermentés ayant l'apparence de la pourriture contiennent un grand nombre de microbes, de germes donc, qui renforcent leur goût comme leur odeur. Il est insoutenable pour quelqu'un de « civilisé » de rester près des cuves de fermentation des sauces de poissons. Les touristes qui s'y aventurent en Extrême-Orient le racontent en riant, comme un exploit. On compare cette promiscuité aux tanneries d'autrefois, sentant l'urine et la bête morte. Ces derniers établissements sont tenus en Inde uniquement par les intouchables. Manger du pourri, et surtout aimer cela, nous rabaisserait à leur niveau.

C'est le cas surtout des sauces de poissons, des poissons fermentés, de certaines viandes maturées à l'extrême par d'excellents bouchers, mais aussi des fromages. Ces derniers sont les plus touchés par l'hygiénisme et la pasteurisation à outrance, parmi tous les aliments. Cela ne s'explique pas par le danger réel, car le risque sanitaire est beaucoup plus important pour les steaks hachés, ou le pâté de campagne, par exemple! C'est comme si le lait blanc et pur, symbole de la maternité mais aussi de la féminité, le lait qui nourrit l'innocent nouveau-né, devait plus que tout autre aliment rester d'une pureté irréprochable, à l'écart de supposés miasmes délétères.

La mode actuelle du « lait » de soja et des autres boissons végétales est née au début du XXe siècle, promue par le protestantisme puritain, qui a également mis en avant les corn flakes du petit déjeuner, inventés par John Harvey Kellogg dont on sait moins qu'il est aussi l'inventeur de la viande végétale à base de soja. La première usine qui fabriqua du lait de soja aux États-Unis et le commercialisa en boîtes de conserve dans le monde entier est celle des Adventistes du septième jour, créée en 1929 à Arlington en Californie. Avant cela, le « lait » de soja état une curiosité racontée par les voyageurs revenant d'Extrême-Orient. L'essor du végétarisme qui, contrairement aux idées reçues, est un mouvement récent en Occident, a la même origine. John Harvey Kellogg est également le pionnier, aux États-Unis, de l'utilisation des probiotiques, pour « éliminer les germes responsables des maladies dans le tractus intestinal ». Bien sûr il s'est inspiré des travaux de Stamen Grigorov qui a découvert les bactéries du yaourt en 1905, et d'Élie Metchnikov, le vrai précurseur des recherches sur les probiotiques, rendons à César ce qui lui appartient. Il n'en reste pas moins vrai que Kellogg est le premier dans ce pays à avoir utilisé les yaourts comme médicaments, dans sa clinique en 1907. Cependant, en 1930 ces yaourts au lait de vache furent remplacés par des « yaourts » de soja à l'*Acidophilus*, inventés quelques années avant en France par un immigré chinois. Est-ce par peur du pourri que le bon vieux yaourt traditionnel est devenu indésirable ? S'agissait-il de retirer le lait du pis de la vache, sale et bien trop animal pour être honnête ?

Le comble de l'horreur étant le lait cru, qui est interdit à la vente dans les pays protestants. Les fromages au lait cru disparaissent petit à petit, les uns après les autres, dernière trace en Occident de notre part animale et incontrôlable, notre part récalcitrante et indocile, celle des « irréductibles Gaulois ». Selon le mot attribué au général de Gaulle, comment voulez-vous gouverner un pays qui compte plus de trois cents sortes de fromages ? Non ce n'est pas une caricature, le général avait tout compris ! Notre amour pour le fromage va de pair avec notre esprit que l'on appelle « gaulois », dans tous les sens du terme.

Il est curieux que la fermentation des aliments, qui est un acte fondamental, premier, et éminemment culturel dans l'histoire de l'humanité, passe aujourd'hui pour une chose barbare, sale et dégoûtante, voire dangereuse. Et cela, depuis que les micro-organismes sont connus et identifiés. Pour les accepter, c'est-à-dire accepter cette zone de sauvagerie en nous, le seul moyen qu'on a trouvé est de les contrôler, voire de les annihiler.

Pour prendre un exemple significatif, saviez-vous qu'à l'origine, la croûte du camembert était d'une nuance bleu-gris-vert, marquée de taches brun-rouge ? Trouver dans le commerce un camembert avec des mouchetures rouges ou bleues est impensable aujourd'hui, parce qu'invendable. Les clients penseraient : ce camembert est pourri. Or c'était la règle avant le XXe siècle. Les producteurs de camembert (et c'est aussi valable pour le brie), avec bien des difficultés, ont mis des années à obtenir que la croûte de leur fromage devienne du blanc immaculé qui est la règle actuelle.

Ce n'est que vers les années 1900, quand il arriva sur les marchés parisiens grâce à l'essor du chemin de fer, qu'on commença à préférer les plus blancs. Sur les halles de Paris, les gris et les rouges restaient sur les étals. Les clients autant que les revendeurs réclamaient du blanc. Quel étrange souci de « propreté » toute citadine, remarquons-le.

Pour les fromagers, la cause du phénomène coloré était une fatalité, due à l'affinage naturel du fromage. C'était son destin de devenir coloré. Selon la tradition qu'on ne songeait pas à changer, le lait, à la température du pis de la vache, était maturé vingt-quatre à quarante-huit heures à ciel ouvert, dans un local frais, afin qu'il s'acidifie sous l'effet des bactéries sauvages présentes dans la Normandie rurale. Des bactéries sauvages et indigènes qui donnaient tout son caractère et sa particularité au fromage : c'est cela, le terroir. Il était ensuite emprésuré puis moulé à la main, de cinq louches à quarante minutes d'intervalle. Après égouttage, ils terminaient leur affinage dans les hâloirs où circulait un air tiède, ce qui favorisait l'apparition des moisissures. Selon les variétés de spores qui dominaient, la croûte des fromages prenait une couleur différente. Le maître fromager montrait son habileté et la quintessence de son savoir-faire en obtenant la flore la plus blanche possible. Tout l'art consistait à faire en sorte que la moisissure du rouge (*Bacterium linens*) éclose avant celle qu'on baptisa *Penicillium camemberti*, ou *P. album*, blanche au départ mais virant au gris-bleu. Les fromagers savaient par expérience que le rouge empêchait le bleu de survenir. Un empirisme insupportable pour les scientifiques et les industriels !

Les élèves de Pasteur, Duclaux, Mazé, Freudenreich et Orla-Jensen étudièrent le phénomène sur le brie et le camembert. Ils ont montré que des champignons microscopiques étaient responsables du feutrage et de la couleur de la croûte, et que ces moisissures spontanées provenaient de l'environnement : l'air, les locaux, les claies, les planches en bois d'entreposage.

Les taches brunes ou grises représentaient d'insupportables tares, des souillures ignobles, et surtout la marque d'une origine trop terrienne ou trop rustique, la preuve de techniques primitives et de croyances irrationnelles. Il fallait que cesse l'empirisme. Au nom de la science et de la guerre contre l'ignorance et les superstitions, il fallait rationaliser tout cela. On allait combattre les bactéries et moisissures sauvages et indigènes, tout comme à la même époque on soumettait les indigènes de nos glorieuses colonies d'outre-mer. Les fromagers, donc, malgré leur savoir-faire immémorial, réapprirent à faire du fromage.

Pour plaire aux clients des villes on éradiqua la moisissure coupable pour la remplacer par une autre moisissure, l'innocente *Penicillium candidum*, cultivée *in vitro* par l'Institut Pasteur. Au moins celle-là était « propre ». Le remède fut drastique : il fallut badigeonner toutes les surfaces des fromageries avec de l'antiseptique afin d'éliminer inexorablement et définitivement toutes traces des mauvaises spores colorantes. Ceci effectué, on déposa sur les mêmes surfaces la culture purifiée de la bonne moisissure. *Ite missa est.*

Cela ne fut tout de même pas évident. Certains fromagers résistèrent : la nouvelle moisissure accélérait l'affinage des fromages et les emmitouflait d'une croûte épaisse et touffue de spores blanches d'aspect plâtreux. Tout simplement cela changeait le goût du camembert! La nouvelle aube du fromage mit plusieurs décennies à être adoptée. Durant tout le début du XXe siècle, on continua à produire des camemberts bleus comme ils l'avaient toujours été.

Mais en 1950, dernier soubresaut, une épidémie de moisissures bleues sema la frayeur chez les producteurs normands, qui appelèrent encore une fois la science à la rescousse. L'éradication de cette ultime résistance fut alors complète. Le blanchiment du camembert était achevé.

Le camembert que nous dégustons aujourd'hui n'a plus rien à voir avec le fromage d'origine. Son ensemencement n'est plus spontané comme autrefois car, non seulement on imprègne les locaux de *Penicillium candidum,* mais on pulvérise le caillé avec les cultures de spores adéquates. Il n'y a plus rien de spontané, de naturel, de sauvage. C'est du pourri contrôlé, assagi. Du pourri éduqué.

Tout de même, le changement de couleur ne fut définitivement accompli… que dans les années 1960 ! Depuis, comme on réfrigère le lait après la traite, on est obligé de le réchauffer. Fini le lait sortant tiède de la vache ! La maturation est bien souvent omise et, si elle a lieu, ce n'est surtout pas dans des locaux à ciel ouvert, ce qui occasionnerait la survenue, oh horreur, de micro-organismes de l'air ambiant. On refuse la flore indigène, on veut tout contrôler, la ségrégation est complète. Seuls sont autorisés les micro-organismes qui sont passés par une éprouvette dans la main gantée de latex d'un homme en blouse blanche. Ceux-là sont sans aucun doute plus convenables, plus acceptables. On veut du pourri, d'accord, mais du pourri propre, civilisé.

Personne ne se doute que le petit fromage normand emblématique de la gastronomie française a, dans tous les sens du terme, été « blanchi » par l'institut Pasteur. La robe du camembert est devenue de la couleur supposée de l'âme d'un innocent, ou de celle d'un pénitent.

Quant au brie, fromage ancien puisqu'il aurait été apprécié par Charlemagne en personne, il a résisté un peu plus que le camembert : l'affinage marbre parfois sa robe de reflets rouges. Mais surtout, il existe une version du brie beaucoup plus rustique et plébéienne : le brie noir, vendu sur les marchés de Seine-et-Marne presque confidentiellement, et consommé quasi uniquement sur place. S'il connaît de nos jours un regain d'intérêt chez certains connaisseurs, longtemps on le plaçait sur le côté de l'étal où trônaient en bonne et due place comme des reines les magnifiques roues à duvet immaculé.

Il s'agit d'un brie de Meaux ou de Melun, affiné, non pas quatre semaines comme il est d'usage dans le cahier des charges de l'AOP, mais entre huit et dix-huit mois. Il devient alors tout sec. Les cirons, ces petits acariens connaisseurs de ce qui est bon, que l'on trouve également sur la croûte de la mimolette, du laguiole et du salers entre autres, ont transformé sa croûte en une surface rugueuse, poudreuse et marron foncé tandis que sous cette couche épaisse, sa pâte sèche et friable prend une couleur jaune paille. C'était une nourriture de gueux, de paysans. Ce brie-là n'est jamais apparu sur les tables aristocratiques ! C'est qu'il est moins raffiné, moins glamour, le bougre, et sa puissance déclamatoire est à l'échelle de son originalité et de sa redoutable longueur en bouche. C'est que, affirme un dicton briard : « le brie noir peut briser vingt ans d'amitié. » Oups, ce n'est pas rien !

Les anciens le consommaient avec un peu de beurre, trempé dans le café du matin pour atténuer la force de son goût. Mais c'est aussi de cette manière que l'on consommait le maroilles dans sa province pas si éloignée ! C'était une nourriture de moissonneurs et de vendangeurs de la proche Champagne : son côté sec lui permettait d'être emporté dans le casse-croûte sans risque de couler, même par les chaleurs estivales. Souvent, il s'agissait de roues de brie un peu moins belles, un peu déclassées, que l'on affinait ainsi pour le pas les perdre : on ne gâchait rien, surtout pas ce qui se mange. Sa fabrication parallèle à celle du brie orthodoxe est devenue peu à peu de moindre importance. Les moissonneurs et vendangeurs d'antan sont partis au paradis du pain et du vin, ceux d'aujourd'hui, du haut de leurs machines, préfèrent les hamburgers. Les fromageries ont peu à peu cessé de fabriquer ce dinosaure, les progrès techniques et l'ensemencement aux ferments de laboratoires permettant de contrôler de mieux en mieux la régularité de la production.

Cependant, le dinosaure revient aujourd'hui des oubliettes perfectionnistes. Quelques amateurs éclairés retrouvent le goût de « l'authentique » et des fromages tonitruants. Et de ce fait, une poignée d'irréductibles affineurs de la brie ont de nouveau laissé dormir les bries noirs de Melun ou de Meaux dans leurs caves fleurant l'ammoniac, où l'atmosphère est soigneusement confinée, pauvre en oxygène et riche en gaz carbonique. C'est nécessaire afin que ce pourrissement noble se déroule dans les meilleures conditions. Ultime revanche : ce brie confidentiel, jadis le bas de gamme destiné aux besogneux, se vend désormais ostensiblement sur les marchés de Seine-et-Marne, et parfois plus cher que son cousin blanc raffiné de l'AOP. Si cela vous tente, il est conseillé de le déguster en dernier, tout à la fin du plateau de fromages, et de l'accompagner d'un vin doux mais aromatique, qui ne se laissera pas intimider par sa gouaille tapageuse.

Le brie noir est aussi, paraît-il, exporté au Japon en quelques exemplaires chaque année. Ce n'est pas si étonnant : les Japonais s'y connaissent en pourri, nous avons déjà évoqué plus haut quelques-unes de leurs spécialités extrêmes. Cette exportation reste anecdotique. Les cirons n'ont pas le visa pour entrer dans certains autres pays comme les États-Unis, par exemple.

Les pays les plus hygiénistes sont encore aujourd'hui les pays protestants issus du puritanisme. Dans la mentalité puritaine, le plaisir est banni. On mange par obligation, il faut bien le faire pour se maintenir en vie. Mais il est hors de question d'en tirer un quelconque plaisir sans avoir à se repentir amèrement. Il faut peut-être chercher là l'origine de la *junk food* étatsunienne : on n'accorde pas d'attention à ce qu'on mange puisqu'on ne fait que combler une obligation physiologique et, dans ce cas, la quantité est plus importante que la qualité. Il faut manger pour vivre et non pas vivre pour manger, cette phrase de *L'Avare* de Molière dans toute l'ironie de son second degré a toute sa place dans cette philosophie puritaine. La nourriture est malheureusement nécessaire, mais elle n'est pas un plaisir. Ce sont des calories, des protides, des glucides et des lipides que l'on ingère. C'est ce qui est indiqué sur les boîtes de corn flakes : la quantité des nutriments. La qualité gustative, elle, est accessoire. L'aliment n'est pas fait pour être bon. Il est fait pour nous alimenter comme on alimente une cheminée en bois et une chaudière en fuel. Rien à voir avec la pâte odorante et savoureuse d'un roquefort qui fond dans la bouche en libérant ses moisissures qui, mêlées à la salive, nous envahissent de plaisir. Oui c'est un plaisir coupable car bien trop sensuel !

Par conséquent, le rituel social qui consiste à se retrouver deux ou trois fois par jour autour d'une table tombe plus ou moins en désuétude dans ces pays. (On n'en a pas besoin, puisqu'on se réunit déjà pour la prière). Et puisqu'on mange dès qu'on en ressent le besoin, et avant même de le ressentir, – le meilleur moyen de ne pas prendre de plaisir à manger n'est-il pas de manger sans avoir faim, voire en étant déjà repu ? – pourquoi se mettre à table ? Ainsi on n'a plus la nécessité d'avoir faim pour manger, et la convivialité du repas pris en commun devient inutile. On mange sans désir réel. On ingurgite, on se remplit. L'obésité devient un problème sanitaire, et on culpabilise ! Selon les puritains, l'homme est coupable par nature, et la rédemption exige de se mortifier.

Tiens, se mortifier, quel mot étrange dans ce contexte ! Se mortifier comme on mortifie la viande en la faisandant ? Nous ne serions qu'humilité (mot venant de humus) et pourriture devant la divinité, mais nous ne devrions surtout pas manger de (trop délicieux) aliments pourris…

L'alimentation des pays teintés de puritanisme n'a plus ce côté codifié et sacramentel qu'elle a toujours eu dans les civilisations traditionnelles. Il est en effet rare qu'on choisisse de manger tout seul un excellent camembert au lait cru directement dans son emballage en le prenant dans le frigo. Premièrement parce qu'on ne le met pas au frigidaire, ne commettons pas cette erreur. Secondement parce que ces nourritures-là exigent un certain rituel ainsi que des compagnons de table avec qui partager ses sensations. On se pose, on choisit des amis, on choisit le pain, et le vin. On prend un couteau, on admire la robe avant de la percer délicatement avec la lame, on conjecture l'onctuosité de la pâte, son coulant, son parfum capiteux. Cette cérémonie n'est pas utile dans le cas d'un hamburger ou de nuggets surgelés réchauffés au four à micro-ondes. Voilà comment l'absence de lien social peut être liée à l'absence de pourri dans la nourriture. Alors, finalement, où se situent le barbare et le civilisé ?

Les esprits puritains, tout spécialement, peuvent s'offusquer de l'idée de chose vivante, d'aliment en gestation, et de fécondation, qui est partie prenante dans le processus de fermentation/pourriture. L'analogie de la sexualité et de la fermentation est archétypale. La rencontre d'un ferment, d'un microbe, avec le lait (qui est lui-même un liquide corporel qui n'est sécrété qu'après une fécondation), aboutit à la création d'un aliment vivant et qui, de plus, procure du plaisir à celui qui le mange. Il en est de même avec la chair du saucisson embossée dans le boyau de forme phallique, ou encore avec le muscle délicat et translucide du poisson ou les entrailles chaudes du gibier qu'on couchera sur la rôtie. Et la pâte du pain pétrie par les mains du boulanger, qui ressemble au ventre d'une femme gonflé par la grossesse, n'est-elle pas suspecte ? Au XIXe siècle on inventa en Amérique le *soda bread*, qui est levé grâce à un produit chimique, le bicarbonate de soude, et non plus une levure vivante, et qui, par la même occasion n'a plus besoin de la phase physique suspecte du pétrissage. Le vocabulaire de la boulangerie, dans la langue française, comporte énormément de connotations sexuelles : les miches, le bâtard, la baise ou baisure (lorsque deux pains se touchent dans le four), les couches (linges où le pain fermente). On parle d'ensemencer la pâte, on enfourne le pain avec une longue pelle phallique dans la gueule du four à la symbolique féminine. Mais ce n'est pas tout, lors de la fermentation de la bière, on parle aussi de fécondation. Selon certaines légendes galloises, finnoises et estoniennes, la première bière aurait été ensemencée grâce à la salive d'un sanglier en furie. La salive, euphémisme pour le sperme. Le sanglier est un animal symboliquement lié à la fécondité et à la fertilité dans les mythologies du nord de l'Europe. Au Vietnam, c'est le porc-épic qui occupe la même fonction, et qui a produit la première bière à partir de son propre estomac. Il a enseigné aux hommes, ou plutôt aux femmes la manière de la faire. Enfin, en Éthiopie, la cafetière cérémonielle qui sert au service du café, autre boisson réalisée à partir d'un produit fermenté, possède un ou parfois deux becs d'une forme spéciale, appelés *t'ut'*, « téton ». Le café sort de l'ustensile comme le lait du sein des mères.

Les nourritures pourries sont des nourritures en devenir, des aliments en gestation, dans leur processus continuel d'élaboration. Ils sont le résultat d'un étrange accouplement, de relations inexpliquées entre la matière visible et invisible dont on ne sait, finalement, si elle est divine ou diabolique. C'est le cas des aliments solides transformés par la fermentation qui augmente leur goût comme des liquides dont certains sont, de plus, enivrants ! Rappelons que Empédocle décrivait le vin comme de « l'eau pourrie ». Beaucoup plus tard en 1887, Adamo Fabbroni soutient que la fermentation du vin est produite par une « substance vivante » contenue dans le moût. Quel mystère. Tout cela est bien de la même famille. Il n'en faut pas plus pour rendre ces aliments et boissons suspects ou impurs, pour qui veut contrôler la sexualité et la jouissance. La nécessité de le réglementer s'impose : l'ordre moral doit normaliser et assagir nos assiettes.

Le plaisir qu'on peut avoir en mangeant un aliment élaboré par des microbes et couvert de moisissures, est forcément trouble et condamnable. L'aliment fermenté avec ses parfums corporels, plus ou moins malodorant, évoque la peau, la chair, la sueur, la concupiscence, le corps et son plaisir. Il est de l'ordre de la bestialité supposée et inavouée, exactement comme l'est le manque d'hygiène. Il est de plus le cousin des sombres nids à poussière et des remugles puants où vivaient les peuples indigènes et les pauvres entassés « comme des bêtes », les pouilleux à la sexualité débridée, sans hygiène et sans morale (ce qui revient au même), tuberculeux par leur seule faute, ceux que l'on combattait à grands coups de balai, de bible, d'eau de Seltz, et de récurage à l'eau de javel qui décrasse et qui blanchit.

TOUCHE PAS À MON POURRI !
Il est des nôtres, il a mangé son pourri comme les autres !

Depuis 2006, au grand dam des Suédois, plusieurs compagnies aériennes ont interdit le transport de *surströmming* dans les avions, au même titre que les armes, à cause du risque d'explosion des boîtes. Il est donc difficile de l'emmener à l'étranger dans sa valise. On ne peut le trouver et le déguster que sur place, ou alors plus ou moins clandestinement, ce qui ajoute encore un peu à son aura de mystère pour les non-initiés.

De plus, au début des années 2000, la Commission européenne a interdit la commercialisation du hareng de la Baltique, qui présente dans sa chair des taux de dioxine trop élevés. Ce fut un tollé chez les Suédois (et les Finlandais aussi amateurs de poissons faisandés). C'est le ministre suédois de l'agriculture en personne qui plaida la cause du poisson fermenté auprès du commissaire européen à la Santé, arguant de « l'importance du *surströmming* pour l'héritage culturel de la Suède ». Notons que l'argument n'était pas d'ordre sanitaire, ni gastronomique, mais c'est bien la culture, la civilisation, l'héritage des ancêtres, qu'on invoquait.

Toucher au pourri autochtone titille l'amour-propre et est considéré comme une atteinte à l'honneur d'un pays. On s'identifie à sa nourriture pourrie. Le camembert est peut-être parmi les centaines de fromages celui qui représente le plus l'identité française. Ne caricature-t-on point un Français avec un béret sur la tête, une baguette de pain à la main, ainsi qu'un camembert et une bouteille de vin rouge ?

Il est significatif que le camembert soit doté d'une légende d'origine, alors que c'est une spécialité toute récente de notre gastronomie, si on le compare par exemple au brie, au roquefort ou au cantal, beaucoup plus anciens. C'est la preuve de son importance pour notre culture ! Selon cette légende, notre fromage national aux blanches moisissures fut « inventé » pendant la Révolution française. Une jeune fermière nommée Marie Harel, l'aurait mis au point selon les instructions d'un nébuleux prêtre réfractaire originaire de la Brie, qu'elle cachait dans sa ferme.

En réalité, ce n'est qu'une légende. On n'a jamais retrouvé une trace tangible de ces faits, ni du prêtre en question. Au début du XVIIIe siècle dans la région de Vimoutiers et de Livarot, la demande de fromage augmenta. Il fallut collecter le lait de plus en plus loin. Le lait attendait de plus en plus longtemps au bord des chemins, que le fromager le collecte dans sa voiture à cheval. La fermentation lactique commençait dans le bidon, et quand le lait arrivait à la fromagerie, c'était déjà un yaourt. On avait beau l'emprésurer pour faire du livarot, on obtenait un autre fromage. Le livarot est un fromage emprésuré à coagulation enzymatique à couverture bactérienne produisant de l'ammoniac, gaz formé au cours de la décomposition de la matière organique aussi bien que dans la croûte lavée à l'eau salée des maroilles, munsters, et autres époisses. Tandis que ce nouveau fromage, lui, était acide, de coagulation bactérienne, à croûte fongique exigeant au contraire de l'oxygène.

Marie Harel n'a donc rien inventé. Tout au plus mit-elle au point la méthode d'affinage dans les hâloirs pleins de courants d'air, et le célèbre moulage à la louche. Le camembert aurait pu rester un fromage local parmi tant d'autres en France, mais la légende se poursuit en 1863, avec l'inauguration de la ligne de chemin de fer Paris-Caen. Lors de cette inauguration, le petit-fils de Marie Harel aurait fait goûter un camembert à l'empereur Napoléon III. Le trouvant fort à son goût, on n'en attend pas moins de lui, l'empereur assura lui-même sa promotion et le fit vendre à Paris.

Le dernier acte se situe enfin lors de la première guerre mondiale, lorsque le syndicat des fabricants de camembert obtint le marché de l'armée : chaque poilu recevait des camemberts dans sa ration. Quelle aubaine ! La promotion fut assurée lorsque les soldats revinrent à la vie civile et recherchèrent avec une certaine nostalgie ce petit fromage surnommé « le réconfort des poilus ».

Chaque épisode de cette histoire correspond à un moment clef de l'unité française. Un moment de rassemblement. La Révolution française est l'époque où se forgea justement l'identité nationale. L'origine mystérieuse et clandestine, presque divine et miraculeuse confère au nouveau fromage une auréole de sainteté civique. Une femme et un prêtre ! Qu'une femme invente quelque chose à cette époque où seuls les hommes étaient censés accomplir des actes importants, c'est déjà extraordinaire, voire incongru, mais en plus dans la clandestinité, avec l'aide d'un prêtre réfractaire ! Cette histoire trop belle nous plonge à la fois dans la modernité la plus totale et dans l'ancien régime le plus réactionnaire. Un pied dans la tradition et l'autre dans le progrès. Alliance des idées futuristes et legs du passé.

L'épisode du chemin de fer correspond aussi à l'idée d'unité : le chemin de fer unifiait des provinces éloignées et permit à un fromage local d'être connu en dehors de sa contrée. Et celui de la Grande Guerre se situe encore à un moment où l'idée d'unité était cruciale pour la France. L'épilogue de l'histoire fut l'inauguration en 1926 du monument à Marie Harel dans la bourgade de Vimoutiers. Cela se déroule au moment où l'on érigeait partout en France les monuments aux morts de la Grande Guerre. Ce monument à la « mère » du camembert est une sorte de monument à la paix, à la vie, faisant l'éloge de la paysannerie, de la tradition, de la permanence sécurisante des valeurs typiquement françaises à un moment où la nation pansait ses plaies et avait surtout besoin d'être rassurée.

Point d'orgue à tout cela, la lutte contemporaine de plusieurs fromagers pour maintenir la fabrication au lait cru et résister aux velléités des industriels est-elle le dernier épisode qui verra la fin de notre fromage emblématique ? Cette lutte a commencé en 2007 et n'est pas terminée aujourd'hui. Elle exprime l'angoisse de nos contemporains devant la mondialisation de l'économie et les règlements absurdes venus d'ailleurs : le camembert reflète toujours symboliquement l'identité de la France en tant que vieux pays rural et son unité face à des menaces plus ou moins abstraites : mondialisation, uniformisation, industrialisation…

Malheureusement l'INAO, organisme qui procède à la certification des labels de qualité et d'origine, semble avoir baissé les armes devant les industriels et le camembert aura l'autorisation de hautes sphères de pouvoir être pasteurisé tout en gardant son appellation d'origine. En quelque sorte le camembert aura le droit de ne plus être pourri… Une trahison pour les amateurs de véritable camembert au lait cru! S'il n'est plus pourri… Pourrait-il encore être notre emblème, notre étendard odorant ? Quelle tristesse.

Restons dans le domaine laitier : une préparation fromagère bressane affiche réellement la couleur : le « pourri bressan » est une préparation fromagère de la famille des « fromages forts » qui existent dans toutes les provinces. Les recettes varient, mais le principe est toujours le même : il s'agit de conserver les vieux morceaux de fromage qu'on ne peut plus consommer tels quels, les invendus, ou encore ceux qui ont un défaut, en les faisant refermenter avec du caillé frais, de l'alcool et des aromates.

Il existe deux versions de fromage fort en Bresse : celui qu'on appelle « fromage fort », qui a la texture d'une crème épaisse blanc cassé, est fabriqué par la plupart des crémiers. Et celui qu'on appelle le « pourri », est de texture plus hétérogène, et d'une couleur allant du blanc au jaune vif. Les morceaux les plus maturés deviennent légèrement gluants. Ce dernier est une production essentiellement domestique, toutefois relancée par quelques crémiers de la région. Selon les familles, on le préparait à partir de fromages secs et frais de vache ou de chèvre, qui étaient d'abord affinés sous de la cendre ou des feuilles de cerisier. Il s'agit traditionnellement de fromages faits maison, pas de fromages du commerce. Ils étaient ensuite râpés ou coupés en morceaux, et mélangés à du vin blanc, du bouillon de poireau, de la crème et des épices. Il existe autant de recettes que de familles, et on le préparait avec les ingrédients dont on disposait sur place. Les ingrédients étaient rassemblés dans le pot en grès, puis le temps faisait son affaire : « c'est un fromage qu'on laisse pourrir, s'abîmer, on le laissait fermenter quelques jours avant de le manger. On le laissait faire, disons. C'est pour ça qu'on y appelait le pourri », disent les anciens Bressans, ajoutant que seul un estomac de Bressan peut supporter cette préparation forte en goût et en odeur. Le côté culturel et identitaire et encore ici présent! Remarquons aussi qu'on n'a pas peur d'affirmer le côté « abîmé », passé, voire outrepassé de cette étrange gourmandise, qu'on déguste sur du pain grillé ou sur des gaufres chaudes.

Souvent le pot de grès trônait dans la cuisine, et ne se vidait jamais : après chaque prélèvement, on rajoutait dans ce qui restait au fur et à mesure, du chèvre ou du caillé de vache râpé, du marc, du vin blanc, du bouillon… Exactement comme un levain qui se cultivait naturellement et perpétuellement. C'était ainsi un pot éternel, une production continuelle réellement vivante ! L'inventaire du patrimoine culinaire de la France, édité en 1995, cite une famille qui le conserverait depuis le XVIIIe siècle. Il existe aujourd'hui une production industrielle, évidemment fort édulcorée et loin des fromages pourris domestiques d'origine.

On remarque encore aujourd'hui que les publicités pour ces fromages (surtout ceux de fabrication industrielle, qui, n'étant plus pourris, ont d'autant plus besoin de légitimité) mettent en scène l'âge d'or d'une paysannerie qui n'a plus cours, la campagne verte, la richesse de « nos » terres, la ruralité, la rusticité, la famille, l'enfance, la transmission, l'enracinement, l'attachement à des recettes ou des procédés ancestraux, et aussi le patrimoine culturel. Les mêmes arguments étaient utilisés par les colporteurs suisses pour vendre à la criée les fromages *schabzieger* dès le XVIe siècle et ce jusqu'à la seconde guerre mondiale. Ces fromages très forts et piquants, de couleur verte, étaient également très « pourris » et très identitaires d'une région. Ces images de fidélité à la tradition, à la lignée des ancêtres et à la terre natale, sont consubstantielles aux produits pourris/fermentés.

Les émigrés ou les voyageurs, par leur éloignement géographique, sont sensibles à cette idée de lignée traditionnelle. Ils mettent particulièrement en avant leurs aliments fermentés. Être loin de son pays natal donne la nostalgie des douces et délicieuses pourritures qui nous sont communes. En effet, à quoi rêve un Français expatrié ? À du saucisson, une baguette de pain ou du fromage introuvables dans certains pays. Des Japonais m'ont confirmé en souriant qu'ils voyageaient à l'étranger avec des flacons de sauce soja dans leurs valises, de peur de ne pas trouver sur place cet ingrédient indispensable à leurs repas.

C'est le cas aussi des Norvégiens d'Amérique, pour qui le sentiment identitaire est associé au *rakefisk*, et au *lutefisk*, le poisson fermenté comme au pays d'origine. C'est un mets festif que l'on sert au repas de Noël, du Vendredi saint ou de Pâques, accompagné généralement de bière ou d'aquavit. On le consomme aussi le jour de la fête nationale norvégienne… surtout en Amérique. La recette est préparée différemment selon les familles et les régions d'origine, ce qui nourrit parfois des conversations animées : le pourri est quelque chose qui tient à cœur, il est toujours social et pose une question de partage et d'échange !

Tout ceci n'est pas surprenant : l'aliment fermenté étant fortement identitaire, les immigrants qui quittent leur pays pour toujours voyagent avec leur ferment. Le ferment qui produit les aliments pourris est ce qui les relie à leur origine, à leur pays natal, à leurs ancêtres. C'est le goût spécifique qu'on ne peut pas retrouver ailleurs. Et c'est un goût qui, de toute façon, n'est pas apprécié ailleurs ! Les familles lao émigrées en France dans les années 1980 continuèrent à préparer le *padek* et les légumes fermentés, si importants dans leur cuisine. Aux États-Unis d'Amérique, les aliments fermentés consommés aujourd'hui furent apportés par les immigrants et se sont parfois mêlés aux pratiques des Amérindiens. Les colons finlandais, par exemple, ont apporté la semence d'un lait aigri typique de chez eux : le *viili*. Il existe sous deux formes différentes : l'une est un genre de yaourt surmonté d'une couche de moisissure blanche ou rose pâle. L'autre, la plus réputée, prend une consistance filante et gluante très étonnante pour un non initié. Les deux ont une saveur spécifique qu'il faut apprivoiser pour l'apprécier. Le ferment de ces laits se transmettait dans les familles de génération en génération. Les émigrants l'ont naturellement emporté au-delà des mers, pour ne pas rompre la chaîne. Ils trempaient un mouchoir propre dans le lait fermenté, le laissaient sécher, puis l'enfouissaient dans leur bagage pour le long voyage sans retour vers une nouvelle vie. Le ferment représente pour les émigrants l'assurance de la perpétuation de leurs racines dans leur futur pays. La métaphore botanique s'impose : la transplantation dans un nouveau pays, dans une nouvelle terre, où les racines devront reprendre, est le signe d'une vie différente, mais qui ne peut se faire sans le maintien des racines ancestrales. Faire vivre les ferments, c'est aussi faire revivre les ancêtres dans un lien ininterrompu.

Ceci est valable aussi dans les pays qui ont été colonisés ou annexés. L'alimentation fermentée indigène est particulièrement valorisée, en contrepoids avec l'alimentation des envahisseurs. Ce fut le cas bien sûr des Amérindiens, du nord au sud du continent, qui ont longtemps tenté de préserver leur alimentation traditionnelle comportant un grand nombre de mets que les colons européens considéraient comme pourris. Boire le *pulque* (boisson fermentée tirée de l'agave) au Mexique ou la chicha en Amérique du Sud était une manière de s'opposer aux missionnaires blancs qui avaient interdit la consommation de ces boissons étranges au nom de la civilisation. La chicha était brassée en mastiquant les grains de maïs puis en les recrachant dans la jarre. Les enzymes de la salive assurant le travail de transformation de la boisson.

En Écosse, les guerres d'indépendance sont terminées depuis longtemps, mais il existe encore un sentiment d'appartenance à une nation spécifique. Ceci se concrétise dans une cérémonie qui a lieu tous les ans, le 25 janvier. Les Écossais célèbrent ce jour précisément la fête du poète Robert Burns dont l'œuvre s'inspirait du folklore et des traditions de son pays. La célébration de cette fête consiste en un souper au rituel extrêmement codifié, au cours duquel est servi le fameux haggis accompagné de la déclamation d'un poème à lui dédié. Cette panse de brebis farcie d'abats et de bouillie d'avoine, n'est plus fermentée aujourd'hui, c'est vrai. Elle s'est civilisée avec le temps, pourrait-on dire! Mais elle l'était bel et bien dans les siècles passés, héritière des estomacs d'herbivores remplis de végétaux acides dont se régalaient les chasseurs préhistoriques. Ce mets est considéré comme le « plat national » écossais, servi accompagné d'un verre de whisky et suivi de fromages écossais comme le *larnakshire blue* et le *caboc*. Moisissures oblige!

Ces libations célèbrent bel et bien la victoire de la nation mise en danger contre l'envahisseur, et réitèrent symboliquement sa capacité à résister : messieurs les Anglais n'ont qu'à bien se tenir, on ne rigole pas avec certaines choses touchant l'honneur. Il est sous-entendu que ceux qui peuvent manger ces nourritures particulières se distinguent des autres, et que le fait de pouvoir les manger en ce jour précis montre leur appartenance à un groupe.

Une célébration de la même symbolique a lieu en Islande tous les 23 décembre. C'est le *Thorláksmessa*, la fête du saint patron de l'île Thorlakur Thorhallson. À l'occasion de cette fête qui se confond avec Noël, on consomme la raie faisandée *kæst skata*. Ce poisson possède les mêmes caractéristiques que le requin, elle est également toxique si elle n'est pas fermentée à cause de la forte dose d'ammoniac que contient sa chair. Et d'ailleurs à côté d'elle le *hákarl*, le requin enterré, semble une nourriture pour enfants en bas âge. Tous deux sont des plats sacrés hérités des Vikings. La raie est pêchée et laissée à pourrir plusieurs mois avant d'être consommée. Elle est servie arrosée de graisse de mouton fondue, de pommes de terre et de navets ainsi que d'un pain noir légèrement sucré. C'est surtout l'occasion de boire quelques verres de *brennivin*, pour faire passer le tout. Ce jour-là, l'odeur puissante s'échappe des cuisines où le poisson mijote dans son court-bouillon. C'est un peu comme dans les marchés d'Extrême-Orient lors de la saison des durians. On dit même que les gens changent de vêtements après être passés dans les endroits où le fumet du poisson s'envole car il est très difficile d'éliminer l'odeur sur les tissus. Certains restaurants de Reykjavik en proposent sur commande aux alentours du solstice d'hiver. À la commande, on vous demandera quel est le degré de faisandage que vous désirez, sur une échelle de 1 à 10. Certains consommateurs très amateurs demandent la force 11, et là, on imagine que l'odeur ammoniacale est à son maximum. On a paraît-il littéralement le souffle coupé en approchant la fourchette de son nez ! Pourquoi se faire du mal à ce point ? La valeur ajoutée symbolique a donc une puissance phénoménale !

Mais surtout, toujours en Islande, au milieu de l'hiver a lieu le *Thorrablót* (« sacrifice au dieu Thor ») au cours duquel les participants se partagent le *Thorramátur*, un repas traditionnel où ne sont présents que des aliments purement autochtones, tous fermentés et frisant le pourri : le *hákarl* est à l'honneur, ainsi que les testicules de mouton marinés dans du lait fermenté, le poisson séché, la saucisse de foie et d'abats de mouton, le gigot de mouton saumuré et fumé, le tout accompagné de pain de seigle et arrosé de *brennivin*. Cette fête, même si elle prend sa source dans une saga écrite au XIIe siècle, naquit au XIXe, exactement au même moment que la fête écossaise de Robert Burns. C'était l'époque du « nationalisme romantique », lorsque se sont constituées les identités nationales en Europe. L'Islande était à ce moment colonisé par le Danemark et le premier *Thorrablót* fut organisé en 1873 par des étudiants islandais à Copenhague, donc expatriés, en réaction au mépris des Danois que dégoûtait la nourriture autochtone islandaise. L'événement fut repris ensuite par les mouvements indépendantistes. L'Islande ne devint indépendante qu'en 1944 et le *Thorrablót* est toujours célébré, en particulier par la communauté immigrée en Amérique du Nord.

Plus au nord, les Inuits d'aujourd'hui, bien qu'ils soient équipés de congélateurs comme vous et moi, fermentent encore la viande de phoque et les têtes de saumon dans des récipients en plastique. Ces mets sont consommés lors des fêtes communautaires ou pour accueillir les visiteurs. Dans certaines régions du Groenland, elles font partie de l'identité culturelle des communautés autochtones. Et là, quand on célèbre une fête de famille, il est courant que la table soit dressée à l'intérieur de la maison avec du thé et des gâteaux comme au Danemark, tandis qu'à l'extérieur, les personnes âgées dégustent le phoque faisandé comme autrefois. C'est un mets ethnique qui marque l'attachement à une identité culturelle. Il faut être né sur la terre du pourri pour apprécier ce pourri en particulier.

Dans les communautés émigrées ou colonisées, alors que l'identité culturelle est devenue précaire, il devient important de préserver les racines ancestrales et les traditions. La culture culinaire, dans laquelle la transmission joue un grand rôle, en fait évidemment partie. Les éléments des pratiques alimentaires mis en avant dans ce cas sont toujours ceux qui se différencient le plus fortement des habitudes ou des goûts des colonisateurs, ou du pays d'émigration : les plus singuliers, ou parfois même les plus rebutants. C'est le cas particulièrement des aliments fermentés/pourris, majoritairement mis en valeur dans cette affirmation de soi. On assiste souvent à leur folklorisation, et ils prennent encore plus d'importance dans le pays de l'adoption que dans celui d'origine, parce qu'on s'attache plus à ce qui est rare qu'à ce qui est commun, surtout quand c'est un aliment qu'on a toujours connu dans son enfance. Manger le pourri rassemble donc les humains dans une appartenance à un groupe, dans une idée de connivence et de fraternité et parfois de résistance à l'adversité.

TU SERAS UN AMATEUR DE POURRI, MON FILS
Rites de passage

Un nouveau paradoxe se fait jour. Manger du pourri nous distingue des autres. Les mangeurs de fromages forts font partie d'un groupe qui n'est pas le même que les mangeurs de sauces de poisson. Cependant, la pratique étant universelle, la distinction est gommée de ce fait et manger du pourri devient une passerelle qui relie les humains entre eux, quelle que soit leur origine géographique, ou leur histoire. Il est fort possible de passer du groupe des fromages forts à celui des sauces de poissons et *a fortiori* d'appartenir aux deux !

Tout le problème est de surmonter ses répugnances, de ne pas montrer ses écœurements. Les goûts et dégoûts varient d'un individu à l'autre et tout au long des âges de la vie pour une même personne. Ils relèvent à la fois de l'acquis et de l'inné. Les bébés ont une appétence naturelle pour le sucré tandis que l'amertume les fait grimacer ou pleurer. Le cerveau envoie des signaux lorsqu'il reconnaît la saveur d'un aliment qui sera profitable à notre corps. C'est ainsi que le goût sucré signale des aliments riches et nourrissants, il active les circuits de la récompense tandis que la saveur amère indique des substances possiblement toxiques. C'est le résultat de l'évolution.

Cette appétence pour le sucré disparaîtrait à l'âge de six mois, au-delà desquels le goût pour le salé devient égal à celui pour le sucré. Ensuite c'est l'acquis qui prend le relais, et la diversification alimentaire idéale conduira à un adulte mangeant toutes sortes d'aliments.

En ce qui concerne les aliments pourris, ce sont en général des aliments d'adultes. Il faut être initié à leur consommation pour surmonter une première répugnance puis en apprécier pleinement les saveurs. Bien sûr il y a des exceptions, mais il est rare qu'un petit enfant apprécie le goût des fromages piquants, celui des poissons fermentés, ou puisse distinguer les saveurs présentes dans le nuoc-mâm. Même le yaourt et le fromage frais sont incorporés progressivement à l'alimentation des petits. On apprend à aimer les saveurs du fermenté par étapes, en grandissant. À ce titre, aimer manger des aliments pourris est le signe qu'on est devenu adulte et pleinement membre de la communauté de ses pairs. Cela peut aussi être une question de survie dans certaines régions du globe. En Mongolie, les enfants sont très tôt initiés à la consommation du *koumis*, le lait de jument fermenté que les voyageurs étrangers trouvent aigre et fort. Dès l'âge de huit ou neuf mois, quand ils commencent à manger un peu de soupe, les adultes leur font goûter ce lait de jument fermenté. C'est la nourriture estivale presque exclusive dans la steppe où personne ne peut survivre sans ce type d'alimentation.

Dans toutes les gastronomies du monde, la relation au pourri et à la fermentation résulte de cet apprentissage, véritable rite de passage. On distingue le rite de passage qui marque une étape dans la vie d'un individu, du rite initiatique qui marque l'intégration dans un groupe. Le premier est une transmission d'adulte à enfant d'un même groupe, le second se produit entre deux adultes de communautés différentes. Dans les deux cas il s'agit d'un passage d'un état à l'autre, d'un monde à l'autre. Le but est d'être accepté dans une communauté nouvelle, soit celle des adultes, soit celle d'un autre pays ou d'un autre groupe humain.

Comme tout rite de passage, celui des aliments pourris comporte une épreuve initiatique, quelque chose de difficile, une mort symbolique, qui consiste à surmonter son dégoût et, surtout, à abandonner ses idées reçues et ses certitudes !

Les aliments fermentés font partie de ceux que l'on fait goûter aux touristes, ou aux nouveaux immigrants d'un pays. Par exemple, en France, on éprouve un respect particulier pour les étrangers qui aiment manger notre camembert ou notre roquefort : ils ont surmonté l'épreuve avec succès. Si en Corse ou en Sardaigne on vous invite à goûter le fromage *casjiu merzu*, dont le nom signifie « fromage pourri » il ne faudrait pas refuser dans l'idéal, car cela pourrait créer un incident diplomatique avec vos hôtes. Il s'agit d'une épreuve initiatique d'envergure ! Ce fromage est constellé de petites larves, car il est affiné jusqu'à la quasi putréfaction après que des mouches y ont pondu. Le goût et l'odeur sont évidemment très puissants et l'aspect grouillant plutôt déroutant dans notre société aseptisée. Une façon de le consommer est de le tremper préalablement dans de l'eau-de-vie afin de faire fuir les asticots. Ce fromage est uniquement domestique, il n'est pas commercialisé, échappant à toutes les règles d'hygiène.

En Islande on fait goûter aux nouveaux venus, en riant sous cape, le *hákarl*, le requin faisandé en expliquant bien qu'il a maturé plusieurs mois, enterré sous le sable de la plage. Cependant, si vous avez l'habitude de goûter le pont-l'évêque ou la boulette d'Avesnes, vous passerez haut la main l'épreuve initiatique lors d'un voyage en Islande, et vous gagnerez peut-être un de ces tee-shirts imprimés : « j'ai survécu au hákarl » qui sont la preuve concrète de l'existence de ce rite de passage.

Dans l'État de Tabasco au Mexique, le *pozol* est une boisson fermentée d'origine précolombienne, à base de maïs et de cacao. Un proverbe dit que si un visiteur arrivant à Tabasco boit du *pozol* et l'aime il s'installera sur place. Le rite initiatique accompli dans la consommation de l'aliment étrange, tous font à présent partie de la même communauté humaine.

Le *huitlacoche* mexicain est du maïs dont l'apparence est plus que bizarre. C'est un maïs pourri sur pied par une moisissure de la famille des champignons *Ustilago maydis*. En réalité il s'agit du charbon du maïs, une maladie de la céréale qui se développe dans les climats chauds et humides. L'épi de maïs devient noir et boursouflé de protubérances étranges qui le rendent visqueux et peu appétissant pour qui n'est pas originaire d'Amérique centrale. Si de tels épis apparaissaient dans un champ européen, ils seraient à coup sûr rejetés avec horreur et abreuvés de fongicides. Cependant ce maïs pourri est très riche en nutriments et en composés aromatiques : il contient par exemple de la vanilline. C'est un ingrédient prisé de la gastronomie mexicaine. Une fois qu'on a dépassé ses haut-le-cœur, on le déguste dans une tortilla, on découvre une saveur sucrée, vanillée, qui ressemble au sirop d'érable avec un arrière-goût de champignon. Si vous êtes invité à le déguster dans une famille mexicaine, le refuser sur son simple aspect serait considéré comme une impolitesse et vous placerait en dehors du cercle amical.

Dans le même genre, le *natto* japonais est fait de graines de soja fermentées à l'aide d'un bacille spécifique. Son aspect est celui d'une masse gluante, coulante et glaireuse que certains Japonais adorent (pas tous!), mais vers laquelle un Européen n'ira pas spontanément.

Que ce soit le *natto* ou le *huitlacoche*, cette appétence qui ne va pas de soi demande un discours, des explications et un accompagnement. On a besoin de connaître comment c'est fabriqué, d'où cela vient, pourquoi c'est bon à manger. On a besoin d'anticiper le goût que cela peut avoir malgré l'aspect ou l'odeur. Il faut un enseignement pour apprendre à reconnaître la présence de différentes et subtiles saveurs. On a peut-être surtout besoin d'être rassuré sur l'innocuité de ce produit pourri. Et le fait de savoir que d'autres le mangent ne peut que nous rassurer.

Avant de pouvoir manger un aliment pourri, il est donc primordial de connaître le contexte culturel dans lequel l'aliment est élaboré. Nous absorbons la culture en même temps que l'aliment. La satisfaction gustative vient ensuite. Il nous faut d'abord intégrer les savoirs culturels et les représentations collectives. Sortis de leur contexte culturel, les aliments pourris ne peuvent être appréciés, gustativement parlant : pourquoi mangerait-on spontanément du brie noir, du *hákarl* ou du pourri bressan, sans avoir jamais entendu parle de la Brie, de la culture islandaise ou sans y être invité par un Bressan ? Il s'agit d'un fait social qui soude un groupe et qui montre une appartenance, une sympathie.

Pour être capable de reconnaître avec finesse les différentes saveurs présentes dans un vin, dans du café ou du thé, il, faut de la sensibilité, évidemment. Mais pour savourer toute la richesse aromatique de ces produits il faut aussi connaître les usages, les rituels et disposer d'un vocabulaire pour nommer la variété des sensations éprouvées. Il en est de même pour un fromage fort ou une viande faisandée. Et recevoir les explications des autochtones, ou des habitués, c'est aussi se placer symboliquement à la même hauteur qu'eux, au même niveau, toute barrière sociale, d'âge ou géographique abattue.

Le pourri met en relation les hommes de la même communauté et permet l'intégration de ceux qui viennent d'ailleurs.

L'initiation d'un disciple se conduit par degrés et s'accompagne d'une instruction, qui peut être longue. On ne naît pas champion d'œnologie. Chacun a sa propre sensibilité du goût, mais cela s'éduque. Un Asiatique qui en a l'habitude, sait distinguer les mille et un parfums des sauces de poissons, qui sont toutes différentes. Seule l'habitude permet de se rendre compte qu'elles sont toutes très différentes. La coréenne a des saveurs d'œufs de poissons faisandés, la birmane évoque des parfums de champignons tandis que la nuoc-mâm vietnamienne est la plus complexe. Un Européen qui les déguste pour la première fois aura du mal à saisir ces subtilités.

Le plaisir du fermenté résulte, en fait, d'un « goût du vieillissement ». Ce qui peut se traduire à la fois par un vieillissement du goût (on devient adulte) et une appétence pour les choses maturées. Ainsi, un plat de riz salé au sel aura une résonance tout à fait différente d'un plat de riz salé avec une sauce de poisson. Celle-ci possède d'autres arômes, une dimension supplémentaire qui provient non seulement de la matière première, mais surtout de son vieillissement : autrement dit, de son pourrissement. On peut faire la même comparaison avec deux vins d'âge différent ou deux fromages d'un même terroir, l'un frais et l'autre affiné. La reconnaissance des différences est le résultat d'un l'apprentissage, d'un apprivoisement du goût qui donne du sens à ce qui est ingurgité, un sens culturel.

La consommation du pourri ne va pas de soi et est l'objet de rites de passage. Dans son élaboration également, l'aspect initiatique est important. Lors des préparations, on s'est très vite aperçu, chose étrange, qu'il n'est pas nécessaire d'intervenir à toutes les étapes. La main de l'homme est toujours indispensable pour faire un fromage ou un hareng saur, mais il y a toujours un moment où l'opérateur doit s'effacer et laisser faire… Quoi ? Le temps, la nature, autre chose ? En réalité c'est une chose extrêmement mystérieuse qui intervient dans l'élaboration de ces aliments. Aujourd'hui nous savons que des bactéries, des levures et des moisissures sont les acteurs des transformations de la matière de ces aliments, mais si nous remontons avant l'époque de Pasteur, cent cinquante ans en arrière, personne ne le soupçonnait. L'aliment se transformait tout seul. On ne savait pas comment ni pourquoi. Même les savants de l'époque se posaient la question.

Peut-être qu'un jour, on a abandonné un aliment, par exemple un caillé frais, un poisson, pour une raison ou pour une autre. Puis on est revenu, on l'a retrouvé transformé. Alors que de toute évidence il n'aurait pas dû être comestible, malgré son odeur ou son aspect repoussant, on l'a goûté. Peur de gâcher ? Période de pénurie ? Faim extrême ? Et il s'est avéré comestible. Peut-être pas bon au goût, il faut s'y faire, mais comestible. On s'habituerait plus tard au goût étrange. Pour le trouver bon, n'oublions pas qu'il faut un élément indispensable, mais qui survient dans un second degré : la culture.

Que s'était-il donc passé durant le moment de latence ? Quelle était cette force cachée qui opérait ? Sans doute une divinité, un esprit, une créature surnaturelle. Songez : seul le temps semble travailler. Le temps et une puissance occulte, forcément divine : la puissance créatrice des dieux peut seule expliquer cette création qu'est l'élaboration d'un aliment fermenté qui nourrit et nous permet de vivre, tout en flirtant avec la pourriture, synonyme de mort. Il faut s'assurer des bonnes grâces de ces puissances surnaturelles et divines, ne pas offenser les esprits, être certain qu'ils vont procéder à la bonne marche du pourrissement : le pourri doit être dans le sens de la vie qui nous nourrit, et non de celui de la décomposition qui nous rend malade ou provoque notre mort. La tâche est d'importance !

Il y a là-dedans une histoire de connaissance et de compétence : on ne s'improvise pas fromager, saurisseur ou brasseur. On le devient suite à un long apprentissage, à une transmission de maître à disciple (ou de mère en fille car la fabrication de ces aliments a été longtemps une affaire de femmes). On se transmet l'art et la manière mais aussi les secrets, qu'on garde jalousement. La réussite dépend d'un savoir-faire, ou d'une prière, qu'on jure de ne jamais révéler. Les processus sont tellement aléatoires, puisqu'on n'en connaît pas les causes réelles, tellement complexes malgré leur simplicité apparente. Il y a toujours une succession d'étapes, de transformations, dont on ignore l'origine. La recette est parfois d'une simplicité enfantine, et tout l'art consiste à créer les bonnes conditions pour la réussite : temps (météorologie, température, saisonnalité), et temps (durée des différentes étapes et de la conservation), ustensiles, contenants, lieux où cela réussit mieux que d'autres, qualité des matières premières. Alors forcément on répète à la lettre les recettes et les méthodes qui ont fonctionné dans le passé, sans les changer d'un iota, puisque c'est ainsi que cela réussit et pas autrement. Il n'est pas question de prendre le risque de changer ! La transmission s'est faite à l'identique sur des millénaires. Quel exemple fabuleux de continuité !

RIEN NE SERT DE POURRIR
IL FAUT SURIR À POINT
Proverbe préhistorique

Manger du poisson pourri et une chose que les humains ont aimé dans l'histoire. Ce n'est absolument pas une pratique sporadique, ou épisodique. La continuité des procédés de fermentation depuis des périodes lointaines est absolument fascinante. Dans beaucoup d'endroits du monde, le pourri fait saliver depuis des millénaires sans interruption.

Partons dans le sud de la Suède, au pays du *surströmming*, dans une belle région couverte de forêts. Nous sommes sur les rives d'un lac aujourd'hui disparu, proche d'un cours d'eau de 2 kilomètres de long s'écoulant vers la Baltique. Là se trouve le site archéologique de Norje Sunnansund. Cet endroit particulier a été occupé par les humains à de nombreuses reprises sur une période très longue : entre 9600 et 8600 avant le présent. Les découvertes qui nous intéressent concernent la couche la plus ancienne : entre 9600 et 9000 ans, soit quatre cents ans d'occupation.

Il semble que le site ait été habité tout au long de l'année, mais l'activité y était plus présente entre la fin de l'été et la fin du printemps. On y a retrouvé un grand nombre d'ossements d'animaux d'espèces variées, et surtout des arêtes de poissons. Le régime alimentaire des hommes vivant ici devait comporter beaucoup de poissons : on en a retrouvé l'équivalent de plus de 60 tonnes. Mais pas seulement : étaient également présents des mammifères et des oiseaux, dont la diversité était bien plus importante que dans la Scandinavie actuelle.

Le site comporte une fosse en gouttière de 2,80 m de long et environ 40 cm de large, élargie à une extrémité à 90 cm, ce qui lui donne une forme d'entonnoir. Des trous de pieux entourés d'autres trous de poteaux ont été aussi mis en évidence autour de la fosse. Quel étrange dispositif !

Les couches les plus anciennes ont révélé, dans le fond de la gouttière et dans les trous des pieux un grand nombre d'arêtes de poissons : carpes, perches, brochets, anguilles, saumons, éperlans, sandres, corégones, et aussi beaucoup d'écorces de pin. On a retrouvé également sur les bords de la gouttière de nombreuses phalanges de phoques, ainsi que des fragments de crânes de phoque. (Ceci est énigmatique : pourquoi uniquement des phalanges et des crânes, et aucune autre partie du corps ?)

Certains os, comme une articulation phalange-métacarpe de sanglier, portent des marques faites par des outils, indiquant qu'ils étaient utilisés pour une fonction spéciale. Encore plus étrange, on a trouvé à proximité de nombreux os de fœtus d'animaux différents, souvent des phoques annelés. Ce n'est pas tout : de grandes quantités d'écorces de pin ont aussi été trouvées dans la zone stratigraphique située juste au-dessus de la gouttière. Et, placé sur ces écorces, un très beau couteau en os gravé décoré d'un squelette de poisson.

Quel était l'usage de cette construction ? Était-ce un lieu où se pratiquaient des rituels, des sacrifices, des banquets cérémoniaux ? D'énormes orgies de produits de la mer ? Un endroit de dépeçage de poissons par des pêcheurs ? Pourquoi ces phalanges et crânes de mammifères et pas les autres parties du corps ? Pourquoi les squelettes de fœtus ? Était-ce un genre d'abri composé d'un toit de branches sur des pieux, où on préparait les poissons qu'on venait de pêcher, pour les faire sécher en les accrochant sur les poteaux dont on a retrouvé les nombreux trous, par exemple ?

Autre fait bizarre : les arêtes des poissons présentaient des traces d'écrasement qui montraient qu'elles avaient été attaquées par un acide. En effet l'acidité ramollit les os ou les arêtes, on peut en faire l'expérience en laissant un os de poulet une nuit dans du vinaigre : le lendemain il sera mou et pourra être écrasé facilement. Or, il se trouve que la fermentation produit de l'acidité. C'est ce qui a mis la puce à l'oreille de l'archéologue, Adam Boethius.

C'est en comparant ces vestiges avec des pratiques actuelles rapportées par l'ethnographie qu'il a pu comprendre le sens de tous ces mystères. Il a observé ce qui se pratique encore actuellement dans les régions les plus septentrionales de la planète et s'est rendu compte que les hommes du Mésolithique procédaient d'une manière identique.

Les pratiques de séchage et de fumage des poissons sont répandues et anciennes. Le séchage et le fumage ne sont cependant pas toujours possibles. Ils représentent beaucoup de temps de travail pour vider, découper et étendre les poissons pour les sécher. Dans certaines régions arctiques où les hommes se nourrissent en grande partie de poisson, lorsque la saison de pêche arrive on a brusquement à disposition de très grandes quantités de poissons à conserver pour la mauvaise saison. Il n'est pas possible de tout faire sécher en un temps raisonnable, à moins d'avoir une armée de main-d'œuvre, ce qui est rare. D'autre part, le climat froid et humide de certaines contrées rend tout séchage impossible ! Dans les endroits circumpolaires, de l'Alaska jusqu'à la Sibérie, c'est bel et bien la fermentation qui est utilisée pour conserver la nourriture.

Les Inuits étaient (et sont toujours) de grands amateurs de chair faisandée à l'extrême, que nous considérons comme pourrie : mammifères marins, viandes ou poissons. Leur régime comporte une grande part d'aliments crus, et beaucoup de viandes faisandées consommées aussi sans cuisson. Ces aliments nécessitent une préparation très longue, jusqu'à plusieurs mois, souvent durant la saison la plus chaude.

Ces pratiques de conservation à long terme n'avaient encore jamais été découvertes sur la période du Mésolithique jusqu'à ce que le site de Norje Sunnansund soit étudié. Il semble donc que les usages actuels aient un long passé derrière eux. Des points de ressemblance sont particulièrement troublants. Les Caréliens creusent leurs fosses de fermentation en forme d'entonnoir qui ressemblent fortement à la construction de Sunnansund. D'autres peuples, en Alaska et au Kamtchatka, recouvrent leurs fosses de fermentation avec de l'herbe. On a justement retrouvé des fibres de plantes sur les parois de la gouttière du site archéologique. On peut encore faire un rapprochement avec les Caréliens de Finlande ou les Yakoutes de Sibérie, qui ferment leurs fosses de fermentations avec des écorces. À

Sunnansund, une couche d'écorce recouvrait la gouttière, et n'était présente à aucun autre endroit du site. L'acidité de l'écorce aide à la fermentation en créant un milieu favorable aux bactéries lactiques. Cela réduit le temps de maturation et augmente la qualité du produit final. L'acidité de l'écorce sert également à empêcher la putréfaction du produit. Pourri, oui, putréfié, non : c'était déjà la règle à l'époque! Faisons encore un parallèle avec les Coréens qui placent aussi des écorces de pin à la surface des jarres où fermentent la sauce soja et le *kimchi*.

Aujourd'hui on utilise le sel pour empêcher la putréfaction des harengs saurs et du *surströmming*. Les communautés vivant dans cet endroit au Mésolithique ne connaissaient pas le sel. Tout comme actuellement encore, les peuples des régions circumpolaires, par exemple les Inuits du Groenland, ceux de l'île Nunivak et du Kodiak au Canada, de même des peuples de Sibérie et encore les Caréliens de Finlande fermentent les aliments sans utiliser de sel. Le sel n'est pas obligatoire dans des environnements froids.

On peut objecter que le sud de la Suède ne présente pas un climat compatible avec des fermentations sans sel : il y fait trop chaud. L'auteur de l'article scientifique y répond. À l'époque où le site a été occupé, le climat était beaucoup plus froid qu'aujourd'hui. Le phoque annelé niche et donne naissance à ses petits dans des cavités creusées dans la neige et sur la glace. Il est évident que si ces hommes chassaient les femelles gestantes, ou les nouveau-nés de phoques, c'est que le climat était alors beaucoup plus froid que maintenant.

Des usages nordiques sont d'enterrer les phoques ou les poissons dans un trou recouvert d'argile. On leste de pierres, ainsi l'anaérobie nécessaire à la fermentation est possible et la conservation est assurée pour de longs mois, voire des années. Cela se pratique également en Islande, nous l'avons évoqué, pour faire le *hákarl*, le requin faisandé. En Alaska, les aliments sont enterrés pendant plusieurs jours dans un trou couvert de gazon et à l'ombre avant d'être dégustés. Les œufs et les têtes de saumon, les queues de castor et les nageoires de phoques subissent ce sort pour donner des gourmandises traditionnelles.

Cette fermentation donne un résultat que nous, Occidentaux, qui nous estimons comme des gens civilisés, considérons analogue à la putréfaction.

Or, la construction de la fosse en gouttière de Sunnansund suggère exactement la même technique car on voit nettement une couche d'argile située au fond de la fosse, sous les couches supérieures. D'autres points communs existent encore avec les pratiques des peuples nordiques actuels. Les fosses de fermentation sont également situées près de l'eau : ainsi le transport des poissons est réduit au minimum.

Les populations nordiques utilisent des peaux d'animaux pour fermenter des aliments. C'est vrai au Canada et au Groenland, où les Inuits enferment des oiseaux ou des poissons dans des peaux de phoques et les laissent fermenter quelques mois avant de les consommer. L'*ilivitsiit* est un phoque capturé à la fin de l'été par les Inuits d'Ammassalik et gardé longtemps dans sa peau, sans être éviscéré. Si l'animal est mangé cru avant d'être congelé, il se nomme *migiaq*. S'il est congelé c'est le *qiitsiaq*. Pour accélérer la fermentation, les Inuits enferment non seulement la chair de phoque, mais aussi les viscères, le sang et le gras, qu'ils mélangent avec de l'huile de phoque, des plantes et des baies, dans la peau de l'animal recousue : c'est l'*immingaq*. On le laisse reposer en plein air. La viande est protégée du soleil et de la pluie, mais l'air circule autour du contenant. Le *kiviak*, est encore une gourmandise du Groenland. Pour le préparer, on enferme dans la peau d'un phoque des macareux ou des pingouins, non vidés, avec les plumes, les pattes et le bec. Après avoir chassé l'air de l'outre, on la recoud puis on la scelle en l'enduisant avec de la graisse de phoque, afin de la rendre hermétique. L'outre est lestée de pierres et laissée à fermenter environ sept mois. Le *kiviak* est consommé durant l'hiver arctique, spécialement lors de cérémonies comme les mariages. Si l'on n'est pas rebuté par la forte puanteur, on sucera la chair des oiseaux qui se détachera des os, devenue tendre et fondante. Les filets sont particulièrement fins et délicats, racontent ceux qui les apprécient. Le foie et le gésier ont un goût épicé. La saveur amère des intestins rappelle celle de la bière. Chez les Inuits du Québec, le *puurtaq* est fait avec la peau retournée d'un phoque annelé, fourrure vers l'intérieur. On la remplit avec la chair et la graisse de l'animal et on laisse le tout macérer quelques mois.

Les phalanges de phoques gris et les fragments de crânes de phoques trouvés à Sunnansund pourraient indiquer les mêmes pratiques. Après avoir gratté les peaux, il pouvait rester les os des pattes attachés. L'articulation du métacarpe de sanglier qui porte des marques d'outils montre qu'une peau de sanglier aurait eu le même usage que la peau de phoque pour assurer l'anaérobie nécessaire à la fermentation. Des petits os pouvaient aussi servir de chevilles ou de boutons pour assurer la fermeture des peaux recousues. L'anaérobie du *surströmming* est, elle, assurée par la boîte de conserve scellée. Autre temps, autres mœurs, mais même principe.

Le plus grand risque de la consommation de ces aliments est le risque de botulisme : en effet, si la préparation est mal faite, la bactérie *Clostridium botulinum* survit et produit une toxine mortelle. L'usage de sel peut empêcher la bactérie de survivre, mais nous avons vu que le sel était inconnu en cet endroit. Afin de prévenir le développement de la bactérie botulique, les populations nordiques ajoutent une proportion de graisse, ou de blanc de baleine dans leurs préparations. Les nombreux fragments de crânes de mammifères marins pourraient montrer qu'à Sunnansund on usait de cervelle de phoque, qui est très grasse. La graisse de phoque pourrait avoir été aussi utilisée afin de sécuriser la fermentation.

Les nombreux os de fœtus de types différents trouvés à proximité de la gouttière : cerfs et phoques annelés, suggèrent encore autre chose. Le vernix fœtal (la pellicule grasse couvrant la peau des fœtus) est antiseptique. Peut-être les fœtus étaient-ils utilisés pour stopper ou contrôler le processus de fermentation, l'empêcher d'aller trop loin. Pouvoir maîtriser le temps de fermentation et l'arrêter à temps est important, afin que la préparation ne soit pas trop forte et devienne immangeable. C'est un processus naturel certes, mais parfaitement domestiqué. On pourrait croire que faire pourrir un aliment consiste à le livrer à lui-même, mais au contraire toutes les étapes sont contrôlées. La technique n'est pas aléatoire, le pourrissement parfaitement maîtrisé et c'est primordial pour assurer la valeur gastronomique du produit. La viande ne doit pas devenir « bonne pour les chiens », disent les Inupiat d'Alaska, qui, eux, stoppent la fermentation en congelant le poisson. Or, si la fosse était utilisée à la fin du printemps, il n'était pas possible de congeler le poisson. L'addition de vernix antiseptique est une méthode tout à fait plausible pour stopper la fermentation.

Le moins qu'on puisse dire est que tout cela dénote un savoir-faire très élaboré. Rien n'était laissé au hasard, on avait le souci de la sécurité alimentaire comme du goût. Alors technique de barbares ?

Que ce soit au Canada, au Kamtchatka ou en Finlande, les fosses de fermentation sont souvent couvertes pour empêcher leur pillage par des animaux sauvages. Dans le cas de Sunnansund, ce pourrait être la raison de la présence des trous de poteaux qui entourent la construction de la gouttière en formant un large périmètre. Il devait s'agir d'une palissade plus ou moins permanente, qui aurait servi à tenir éloignés les animaux sauvages. Par contre, les pieux plus petits, dans un périmètre plus étroit, ont été déplantés et replantés à maintes reprises à l'intérieur de l'enceinte autour de la gouttière. Pourquoi ? Ce devait être une installation temporaire, qu'on reconstruisait à chaque saison d'utilisation du site. La peau de sanglier ou de phoque contenant les poissons à fermenter pourrait avoir été suspendue au-dessus de la fosse, attachée à des pieux, ce qui aurait permis la circulation de l'air de tous les côtés, chose aussi pratiquée au Groenland.

Pour la réussite d'une fermentation, il est essentiel d'obtenir un microclimat bactérien favorable. C'est le cas actuellement dans les chais, les séchoirs à saucissons, ou dans les caves d'affinage à fromages : à la longue, les bactéries présentes deviennent de plus en plus favorables, elles ont éliminé la flore indésirable, pathogène ou de putréfaction. Les hommes de cette époque ont remarqué que cet endroit particulier était propice à la fermentation spontanée. Il se trouve qu'il possédait naturellement les bactéries lactiques nécessaires. C'était un lieu précieux : c'est sans doute la raison pour laquelle il a été occupé durant si longtemps. Ils avaient dû au départ remarquer que la préparation fonctionnait mieux ici qu'ailleurs. Le résultat était meilleur. Peut-être avaient-ils essayé aussi dans un autre lieu et tout s'était putréfié, ou bien les gens étaient tombés malades. Même sans savoir l'expliquer, les hommes du Mésolithique savaient très bien qu'il existait des endroits meilleurs que d'autres et des circonstances qui favorisaient plus ou moins bien le processus.

Une technique communément pratiquée en fermentation pour assurer ce bon climat microbien est le repiquage, ou *backslopping*. Elle consiste à remettre une petite quantité de la fabrication précédente dans le lot qu'on veut fermenter. C'est ce qu'on fait avec le pain au levain, ou quand on prépare des yaourts. Ainsi les bactéries se développent et ensemencent la future production, assurant la réussite de l'opération.

Les hommes de Sunnansund procédaient déjà au repiquage. En atteste le contenu identique de la gouttière et des nombreux trous de pieux provisoires. Quand la fermentation était terminée, les pieux étaient démontés, les poissons retirés de leur contenant de peau, les arêtes détachées et jetées dans la gouttière jusqu'à la saison prochaine. Quand on utilisait à nouveau la gouttière, son contenu était vidé, nettoyé, et on plaçait les arêtes dans les trous des pieux précédents, ce qui assurait le fameux microclimat bactérien bénéfique pour le réensemencement de la fournée suivante.

Ne connaissant pas les micro-organismes, ils ignoraient bien sûr la raison pour laquelle la fermentation se déroulait mieux en cet endroit précis. Il y avait pour eux sans doute un peu de magie là-dedans ! Aussi pour mettre toutes les chances de leur côté, ils continuaient d'appliquer les mêmes règles de saison en saison. Ils replaçaient de génération en génération les arêtes de la saison précédente dans les cavités des poteaux (pendant plusieurs siècles tout de même !)

Le fait que la gouttière ait été utilisée sur de longues périodes appuie encore l'argument qu'il s'agit d'un lieu spécial dédié à la fermentation du poisson. Les hommes de cette époque cultivaient réellement les micro-organismes et ceux-ci ont co-évolué avec les hommes qui les élevaient. Et le résultat est que le site a été utilisé durant un millénaire pour y produire un aliment indispensable à la vie des peuples qui habitaient là : un poisson fermenté qui à coup sûr n'était pas considéré comme pourri ! Ils avaient en fait créé un « terroir » pour leur préparation de poissons. Et ce terroir était dû à l'environnement microbien qu'ils avaient su préserver en le sélectionnant.

Pourquoi cela a-t-il cessé ? Mystère. Le contenu retrouvé dans la gouttière serait le reste de la dernière fermentation pratiquée en ce lieu. L'abandon du site a vraisemblablement résulté d'une décision délibérée. Les derniers poissons étaient surmontés d'une couche d'écorces et, au-dessus, un magnifique couteau en os gravé en forme de poisson a été placé au sommet de la gouttière, comme pour en clôturer l'usage.

On reste pantois devant tant d'intelligence, et de réflexion pour l'élaboration d'aliments à la fois de longue conservation et sains. Ces peuples chasseurs-pêcheurs-cueilleurs du Mésolithique étaient beaucoup plus évolués qu'on le pense généralement. Non seulement ces hommes étaient capables de tirer parti de leur environnement, d'inventer des techniques très pointues pour conserver leur nourriture et en changer le goût, mais en plus ils devaient avoir constitué des voies d'échanges avec des peuples vivant plus au nord, desquels ils avaient pu apprendre la technique. Les analyses des dents humaines retrouvées près du site ont montré que les habitants du lieu venaient en fait de diverses origines.

D'autre part le goût du pourri assurait leur survie : la possibilité de faire des réserves de nourriture à long terme leur donnait un avantage certain par rapport à des populations qui ne connaissaient pas la fermentation. Le stockage alimentaire suppose la sédentarisation et est une condition pour l'évolution sociale et culturelle comme pour l'augmentation de la population. On a pu calculer que la quantité de poissons travaillée ici pouvait nourrir une nombreuse population et ceci durant une longue période de temps. Leur degré de civilisation devait être égal à celui des populations du Moyen-Orient de la même époque, que l'on montre en exemple des débuts des civilisations. La différence réside dans l'environnement, le climat, et la provenance des aliments. Les uns ont pratiqué l'élevage et l'agriculture, les autres ont perfectionné les techniques de la chasse, de la pêche et de la cueillette, et ont apprivoisé certains micro-organismes de la fermentation pour améliorer leur régime alimentaire.

Le goût du pourri n'est pas le signe de la barbarie, mais bien celui de la civilisation !

Le plus fascinant est peut-être que, presque dix millénaires avant nous, les hommes avaient des pratiques de préparation et de conservation de leurs aliments qui se sont perpétuées jusqu'à nos jours absolument identiques ! C'est comme si les barrières temporelles étaient abolies. Il est amusant de constater que les Suédois d'aujourd'hui sont encore amateurs de *surströmming*, harengs et autres poissons fermentés à l'extrême et très odorants que d'aucuns considèrent comme pourris. C'est une tradition culturellement ancrée qui ne date pas d'hier !

L'aliment pourri n'est finalement pas si naturel. Il a besoin d'une transmission, de maîtres et de disciples, d'ancêtres, de divin, de cahiers des charges, de règles à respecter, de croyances en des forces plus ou moins surnaturelles et de rituels. Il a aussi besoin d'initiation. Bref, de culture.

POT POURRI
Le pourri n'est pas forcément là où on l'attend

L'*olla-podrida* est un plat de fête de la cuisine espagnole. Il s'agit d'un ragoût de viandes différentes, de légumes et de légumineuses cuits ensemble dans une même marmite. L'équivalent d'un grand pot-au-feu, avec beaucoup plus de variété et de diversité. Il peut entrer du porc, du bœuf, du mouton, des volailles, du gibier comme des perdrix et des pigeons dans l'*olla-podrida*, sans oublier le chorizo et diverses andouilles et saucisses. Les végétaux sont variés aussi : oignons, carottes, navets, poireaux, choux, patates douces, haricots, lentilles, pois chiches, etc. Il existe autant de recettes que de familles.

Le mot *olla-podrida* signifie littéralement « pot pourri », de *olla* « pot », qui a donné oille en français, et *podrida*, part. passé fém. de *podrir*, du lat. *putrire*, V. pourrir.

L'expression est attestée depuis le début du XVIe siècle. Dans le livre V de *Pantagruel*, Rabelais décrit ainsi le repas offert par la reine Quinte-Essence :

« Sus l'issue de table fut apporté un pot-pourry, si par cas famine n'eust donné tresves : et estoit de telle amplitude et grandeur, que la patine d'or, laquelle Pythius Bithynus donna au roi Daire, à peine l'eust couvert. Le pourry estoit plein de potages d'espèces diverses, salades, fricassées, saulgrenées, cabirotades, rousty, bouilly, carbonnades, grandes pièces de bœuf salé, jambons d'antiquailles, saulmates déifiques, pastisseries, tarteries, un monde de coscotons à la moresque, formages, joncades, gelées, fruicts de toutes sortes. Le tout me sembloit bon et friand. »

Ce texte n'est peut-être pas de Rabelais lui-même car il a été publié après la mort de l'auteur, mais peu importe : il est du XVIe siècle et c'est la première fois que le mot « pot-pourri » apparaît en français. Dans cette énumération exagérée de tout ce qui fait un repas, on trouve potages, salades, fricassées, saugrenées (sorte de salade de légumes cuits, qui peuvent être des pois et fèves assaisonnés au sel, poivre et câpres ou cornichons), cabirotade (ragoût de viande de chevreau, ne pas confondre avec capilotade, ragoût de viande hachée), rôti, bouilli, carbonades, bœuf salé, jambon, saumâtes (viandes saumurées), pâtisseries et tartes, couscous à la mauresque, fromages (la joncade ou jonchée, est un fromage égoutté sur des joncs), gelées, fruits... C'est tout un menu des entrées jusqu'aux desserts. Le texte est bien sûr humoristique et l'auteur veut se moquer de ce plat « fourre-tout » pourrait-on dire, qui venait d'apparaître sur les tables françaises.

C'était en effet nouveau dans les grands repas de l'époque où l'on servait un ensemble de plats sur la table par plusieurs services successifs : les potages, les entrées, les entremets, les rôts, etc. Dans le pot-pourri, tout est mélangé et servi en même temps de l'entrée au dessert.

On trouve encore l'*olla-podrida* en 1615, sous la plume de Cervantès « Ce grand plat qui est là, plus loin, et d'où sort tant de fumée, il me semble que c'est une *olla-podrida*; et dans ces *ollas-podridas*, il y a tant de choses et de tant d'espèces, que je ne puis manquer d'en rencontrer quelqu'une qui me soit bonne au goût et à la santé », s'exclame Sancho Pança dans la seconde partie de Don Quichotte.

À partir de l'Espagne, l'*olla-podrida* a rapidement gagné les cours européennes, comme en témoignent les livres de cuisine contemporains, où, entre 1570 et 1610, on trouve diverses versions du « pot pourry dict en Espaignolle Oylla podrida ». Toutes ces versions sont différentes mais ont pour point commun le gigantisme et le mélange d'éléments qui nous semblent hétéroclites : les pièces de boucheries voisinent avec les saucisses, le gibier à plume, les légumes secs et frais, les fruits séchés, frais ou confits, les épices, le beurre, le fromage et les œufs…

Une des explications du nom du plat donnée à l'époque est que *podrida* signifie que les ingrédients sont tout cuits très longtemps ensemble. Ils s'entremêlent et deviennent très tendres comme s'ils étaient pourris. Or, si on lit les recettes, ce n'est absolument pas le cas. Les ingrédients cuisent certes dans la même marmite, mais on les retire au fur et à mesure de leur cuisson. L'explication est ailleurs.

Il existe un plat ancien de la cuisine juive séfarade appelé *adafina*, ou *dafina*, qui était consommé le jour de shabbat, et qui consistait en une grande potée qui mijotait depuis la veille. Son nom vient de l'arabe *ad dafina*, qui signifie « couvert », « étouffé ». Une prescription religieuse interdit d'allumer le feu le jour du shabbat, cette recette permettait donc de pouvoir se restaurer d'un plat copieux sans déroger à la règle. Lorsque les Juifs espagnols de la fin du XVe siècle furent contraints à la conversion, la recette du plat intégra la viande de porc : il fallait montrer que la conversion n'était pas feinte, et l'*olla-podrida* serait ainsi peut-être née de la *dafina*. Mais cela ne nous dit pas ce que vient faire le pourri là-dedans.

Plus ancien, un plat arabo-andalou appelé *sanhâji* peut aussi être considéré comme l'ancêtre de l'*olla-podrida*. La recette figure dans deux manuscrits du XIIIe siècle, *Kitâb al-Tabîkh*, un manuscrit anonyme andalou, et *Fudalat al-Khiwan*, « les délices de la table » écrit par Ibn Razin Tujibi. Il existe en effet beaucoup de similitudes entre les deux plats. Les viandes sont identiques : on trouve dans l'un et l'autre divers morceaux de bœuf, du mouton, du poulet, des perdrix, des pigeons, des petits oiseaux, des saucisses du type merguez, ainsi que des boulettes de viande hachée. Par contre, au niveau des condiments, on trouve un élément original et tout à fait intéressant dans le *sanhâji* : le plat est assaisonné de *murri-naqî*, qui est une sauce fermentée à base d'orge et de feuilles de figuier.

Il existait plusieurs sortes de *murri* dans la cuisine arabo-andalouse du XIIIe siècle. C'étaient des sauces fermentées, à partir de céréales ou de poissons, qui étaient d'ailleurs à l'époque encore populaires sur tout le pourtour méditerranéen. Il faut savoir qu'elles n'ont disparu qu'au XVIIe siècle. Il y avait donc bel et bien du pourri dans l'ancêtre de l'*olla-podrida*.

Le *murî naqî* était préparé à partir d'orge fermenté : on faisait une pâte de farine d'orge, ou de mélange blé et orge, sans levain ni sel, qu'on laissait pourrir (je dis bien pourrir) pendant quarante jours dans un récipient fermé avant de le sécher et de le réduire en poudre. On incorporait cette poudre dans une autre pâte qu'on faisait cuire comme un pain qu'on enveloppait dans des feuilles de figuier, avant de le placer dans des jarres jusqu'à ce qu'il devienne fétide.

Le résultat ressemble fort à la sauce de soja, qui est préparée en Extrême-Orient à base de céréales et de soja.

Une autre variante de *murî* était concoctée à base d'anchois fermentés : il s'agit de la même sauce que le *garum* des Romains, aussi appelé *liquamen*. Il existait encore un *murî* d'anchois qui se différenciait du *garum* en faisant intervenir une fermentation alcoolique. Les anchois frais étaient mélangés avec la même quantité de moût de raisin. Le tout était brassé, tamisé, puis le filtrat mis à fermenter dans des jarres « jusqu'à ce que son bouillonnement se calme ». L'auteur d'un traité d'agronomie, Ibn Luyun, sous-entend que ce produit est interdit. On peut en effet s'étonner de ce *murî* alcoolisé dans une civilisation musulmane, mais la société arabo-andalouse du XIIIe siècle était tolérante et multiculturelle, la production viticole fort active en Espagne, et si l'ivresse y est combattue, c'est bien la preuve qu'on y consommait du vin.

L'usage du *liquamen* était encore courant dans l'est du bassin méditerranéen au XVIe siècle. Pierre Belon, un naturaliste voyageur, raconte qu'à

Constantinople on voyait dans les poissonneries des poissons tout frais pêchés vendus frits, dont les intestins et les branchies macéraient déjà dans l'eau salée pour être convertis en *liquamen*. Mais le fait que Pierre Belon en parle comme d'une curiosité laisse supposer que le produit était plus ou moins tombé en désuétude dans l'ouest de l'Europe au moment de la Renaissance. Donc *l'olla-podrida*, au moment de la Renaissance, n'a plus de pourri que son nom, l'usage du *murî* a été oublié. L'usage, mais pas le nom… Il est resté de manière subliminale dans celui d'une recette classique de la cuisine française.

Revenons dans une région englobant le Poitou, les Pays de la Loire, jusqu'en Bourgogne et Franche-Comté. On y concocte la délicieuse sauce meurette, avec son vin rouge et ses petits lardons, qui est un classique. Elle sert de base pour cuire des poissons, comme des anguilles par exemple, mais aussi des fruits de mer, de la viande, des abats, comme la cervelle de veau, des escargots, ou encore des œufs. En plus du vin et des lardons, il y entre des oignons, de l'ail, parfois des champignons ou plus rarement des anchois salés.

Pourquoi appelle-t-on cette sauce du nom étrange de « meurette » ? Ce mot du dialecte bourguignon-lorrain et franc-comtois est composé de l'ancien français *muire*, ou *meure*, « eau salée telle qu'elle sort des salines ou des sources salées », suivi du diminutif ette. Le mot *meure* est lui-même dérivé du latin *muria*, lui-même venant de l'akkadien *muratum* : « saumure, eau salée ». C'est là que nous retrouvons notre *murî* arabe qui est de la même famille.

La meurette, autrefois orthographiée murette est attestée au début du XVe siècle, dans l'expression : *murette de poissons*. On la trouve dans le dictionnaire du moyen français, avec cette définition : « sauce dans laquelle on cuit le poisson ». Une meurette serait donc un genre de matelote. Mais quelle étrangeté, une matelote faite… à l'eau salée ? C'est fort simple et très peu gastronomique.

Le nom de deux autres mets bien connus dérive aussi du sel. La salade tire son nom de l'italien du nord *salada*, participe passé de *salare*, « saler », dérivé du latin *salis*, « sel ». Une salade est donc avant tout un mets assaisonné de sel. Quant à la sauce, dont l'étymologie, du latin populaire *salsa* « chose salée », découle du latin *salsus* « salé ». La sauce est de fait l'archétype de l'assaisonnement.

Sous l'ancien régime, le sel était précieux, dans tous les sens du terme. On connaît la gabelle, l'impôt sur le sel, et toutes les sortes de trafics, de spéculations, et d'enjeux politiques qui se greffaient autour. Le sel est nécessaire à la vie, certes, mais on ne comprend plus pourquoi ce remue-ménage au sujet d'un produit somme toute ordinaire. À cette époque, le sel ne servait pas seulement à condimenter la soupe. Il était indispensable à la vie, car on y conservait la viande, les poissons, les légumes… par fermentation. Nous y revoilà ! C'était pratiquement la seule manière de conserver la nourriture. Hormis dans la haute cuisine des tables nobles, on consommait très peu de viande ou de poissons frais, en comparaison des salés. C'est le hareng en barrique et nulle autre nourriture, qui, un moment, a sauvé l'Europe de la famine. Même si le hareng en barrique n'est pas le *surströmming*, c'en est un cousin proche ! Le sel était donc bien plus qu'un simple ingrédient culinaire. Voir sa réserve de sel fondre, c'était risquer de manquer de nourriture les trois quarts de l'année.

Le sel était tellement précieux pour ce rôle de conservation, que, souvent, dans les recettes anciennes, on ne l'utilise pas pour saler les plats, mais on prend celui qui a déjà été utilisé dans une saumure. Par exemple, quand on mettait un morceau de lard, ou la couenne du jambon pour parfumer la soupe, c'était aussi pour la saler (tout en lui ajoutant la bonne saveur du fermenté, soulignons-le au passage). On trouve des recettes de viandes salées par l'ajout d'anchois plantés dans la chair. Il en va de même pour notre meurette actuelle, salée grâce aux lardons ou aux anchois, selon les versions. Une meurette est-elle une sauce comportant un élément salé ? C'est une hypothèse mais alors cela ne la différencie pas de toute autre sauce. La « salsa » meurette serait deux fois salée, en *salis* et en *muria*, un genre de pléonasme culinaire, bien trop assaisonné pour être plausible.

Effectivement, il existe deux familles de mots pour désigner quelque chose de salé : la famille de *salis*, et la famille de *muria*. Nous savons ce qu'est le sel, *salis*. Attachons-nous à comprendre ce qu'est la *muria*. Est-elle simplement de l'eau salée telle qu'elle sort des sources ?

Le mot murette le plus ancien attesté se trouve, au milieu du XVIe siècle, dans la traduction des œuvres de Columelle. Cet auteur est un agronome romain, ayant vécu au premier siècle de notre ère dont l'œuvre, *De re rustica*, traite de tout ce qu'il faut savoir si l'on s'occupe d'agronomie ou d'économie rurale. Le texte offre de précieux renseignements sur la vie à la campagne durant l'antiquité romaine, les plantes, les animaux, la manière dont étaient administrées les fermes, mais aussi la cuisine et l'alimentation. Le traducteur emploie le mot murette dans le titre de la dernière recette du livre XII : « Pour faire la saulse murette de vin aigre ». La recette est donc la première sauce meurette que l'histoire ait conservée. Mais à notre surprise, quand nous en lisons le texte, nous ne retrouvons pas du tout la meurette d'aujourd'hui. Elle ressemble plutôt à ce qu'on appelle aujourd'hui un « pesto ». C'est-à-dire que l'on prend des herbes fraîches en grand nombre : menthe, pouliot, oignons verts, coriandre, rue, sylphium, ou encore laitue, feuilles de poireaux, etc. Columelle donne plusieurs possibilités qui sont autant de versions de la sauce. On les pile au mortier en ajoutant du fromage frais et sec, des graines comme des pignons, des amandes ou du sésame, parfois des raisins secs, puis de l'huile et du vinaigre, le tout assaisonné de poivre. On conserve cette pâte dans un pot neuf. Au moment de l'utiliser, est-il précisé, on détrempe avec du vinaigre et du *garum*.

Les herbes, le fromage, les graines, l'huile, et l'assaisonnement : tous les éléments du pesto sont réunis. Il s'agissait d'une sorte de concentré que l'on conservait à disposition et que l'on diluait le jour où on voulait l'utiliser. C'était une conserve faite dans « un pot neuf », le détail est précisé. Pourquoi est-il important de mettre ceci dans un pot neuf, si ce n'est pas pour le conserver longtemps, et d'ailleurs, comment cela pouvait-il se conserver longtemps ? Le pot fermé, exempt de fêlures, n'ayant jamais rien contenu d'autre qui pût corrompre la préparation, devait assurer l'anaérobie nécessaire pour qu'une fermentation lactique se produise, accélérée par la présence de fromage dans la préparation. Le vinaigre assurait l'antisepsie pour commencer, la formation d'acide lactique par les bactéries assurait celle à long terme. Le pesto de Columelle est un pesto pourri !

On peut aussi se poser la question des proportions, que Columelle ne précise pas. Aucune quantité n'est indiquée. La recette ressemble aussi furieusement à celle des fromages forts mentionnés dans les chapitres précédents. Si les herbes dominent, c'est du pesto, mais si c'est le fromage, cela peut donner un produit qui ressemble justement aux fromages forts où entrent des fromages frais et secs, des herbes, du bouillon et parfois du vin blanc, le tout tassé dans un pot en grès en vue de sa conserve… Dans tous les cas il s'agit d'un condiment. Une pâte destinée à être mangée avec autre chose. Du pourri pour condimenter les repas.

D'ailleurs dans ce même chapitre XII, Columelle nous apprend aussi à préparer les olives, à confire des racines dans du vinaigre, conserver du fromage, du pourpier dans le sel, fabriquer de la moutarde et d'autres préparations et conserves qui nous sont encore familières.

Est-ce une fausse piste ? Comment se fait-il que ce genre de pesto – ou fromage fort – soit assimilé à la meurette, et quel est le rapport avec le sel, qui n'entre même pas dans la préparation de Columelle ? Revenons au texte latin, le titre de la recette est *Moretum oxyporum, vel, ut alii, oxygarum quemadmodum componas.* Ce qui peut se traduire par « comment composer le moretum oxyporum, que d'autres appellent oxygarum ». *Moretum* a donné meurette. D'ailleurs un traducteur du XIXe siècle a conservé « moret oxypore » pour *Moretum oxyporum*. Réexaminons plus en détail la recette : il y a bien du sel. Mais sous une autre forme. Un des assaisonnements prescrits est le *garum*, qui lui-même contient beaucoup de sel. Le *garum* est aussi mentionné dans le mot composé *oxygarum* du titre de la recette, c'est donc qu'il est important dans son déroulement comme dans son goût !

Le *garum* est omniprésent dans la culture culinaire de l'Antiquité gréco-romaine. Une autre version, la *muria*, était fabriquée à base de thon principalement. Tiens, tiens, nous avons retrouvé le lien entre le *murî* arabo-andalou et l'étymologie de notre meurette !

Plus commune que le *garum* de maquereau, la *muria* n'en était pas moins nécessaire à la cuisine antique, et, plus à la portée de toutes les bourses, elle était beaucoup plus répandue. Au fil du temps elle supplanta plus ou moins complètement le *garum*. La *muria* d'Antipolis (Antibes) était réputée, ainsi que celles de Byzance, de Dalmatie, de Thasos et de Thurium. L'archéologie a mis au jour des fabriques en Algérie et dans le sud de l'Espagne, où la ville de Baelo Claudia basait son activité sur le commerce des salaisons. En témoignent les dépôts d'amphores retrouvés, ainsi que des vestiges d'ateliers comportant les cuves de fermentation de la *muria*. Cette ville, située non loin du port de Cadix, était aux premières loges pour traiter les grandes quantités de thons pêchés lors des migrations annuelles de l'Atlantique vers la Méditerranée.

Entre le VIe et le XIVe siècle, on nomma *liquamen* d'autres espèces de sauces de poissons fermentées. Nouvel indice! Nous trouvons ce mot à propos de la meurette dans le dictionnaire Godefroy d'ancien français, qui nous indique : Murrette, s.f., sauce : Liquamen, *murrette de poisson* (*Gloss. De Salins*). Cassianus Bassus dit Scolasticus, qui vivait au VI° siècle, un des auteurs présumés d'un traité d'agriculture, les *Géoponiques*, nomme *liquamen* une variété de *muria*. À Byzance, *liquamen* était synonyme de *muria*. Un naturaliste zurichois du XVIe siècle (contemporain de notre première traduction de Columelle), Conrad Gesner nomme aussi *liquamen* le *garum* des anciens. Le *garum* ou la *muria* étaient utilisés purs, ou bien mélangés à d'autres substances alimentaires. Le *vinogarum* est un mélange de *garum* et de vin, l'*oleogarum* un mélange avec de l'huile, l'*hydrogarum* est du *garum* dilué avec de l'eau et l'*oxygarum* est mélangé avec du vinaigre. Le mélange se faisait soit à l'avance au cours de la préparation du plat, soit à table au cours du repas. Dans la recette de Columelle, le mot *oxygarum* désigne effectivement une préparation où il entre à la fois du vinaigre et du *garum*. Le *liquamen* est également omniprésent dans le recueil de recettes attribué à Apicius et qui a en fait été compilé au IVe siècle, puis transmis par deux manuscrits carolingiens qui ont été redécouverts à la Renaissance. On trouve du *liquamen* dans pratiquement toutes les recettes. Apicius mentionne également des *moretaria* constitués de diverses herbes : menthe, rue, coriandre, fenouil, livèche, poivre, miel et *liquamen*. Ceci ressemble bien à la version « pesto » de Columelle !

Avouons qu'au fil de cette enquête, notre meurette a pris une autre dimension que celle qui la cantonnait à être issue d'eau salée. Le *garum* de petits poissons pourris devient soudain très contemporain ! On ne peut comprendre l'étymologie donnée du mot meurette tiré de l'ancien français *muire* « saumure », que si l'on considère que cette saumure était bien un assaisonnement, un condiment qui entrait dans la mise au point de nombreux plats. La définition du dictionnaire d'ancien français est tout à fait exacte à condition de la lire correctement : murrette « de » poisson, et non pas « au » poisson. La meurette, avant le XVe siècle, n'est pas une sauce pour assaisonner ou cuire le poisson, mais bel et bien un synonyme de *liquamen* : une sauce *fermentée à base de poissons*. Et ce n'est pas la même chose !

En dialecte bourguignon, un « flairemeurette » est un pique-assiette, une personne qui veut se faire inviter. On appelait ainsi les laquais, et aventuriers qui vivaient autour d'une armée. Quand on sait que les armées romaines transportaient avec elles la précieuse mais odorante *muria* qui assaisonnait l'ordinaire et, diluée, servait aussi de boisson, on mesure tout le sens du burgondisme « flairer la meurette », signifiant en substance « flairer la bonne affaire ».

La différence entre les racines « salis » et « muria » qui semblaient désigner plusieurs manières d'utiliser le sel trouve maintenant son explication. La *muria* est un sel « à goût de pourri », pourrait-on dire. Nous la rencontrons dans d'autres cultures gastronomiques, en Asie où il est d'usage de saler avec des sauces fermentées. Il est significatif que les mots laotiens pour décrire la saveur salée n'aient pas la même racine si le plat est salé avec du sel (*kua*) ou s'il l'est avec de la saumure de poisson (*khém*). N'est-ce pas le même schéma ?

Terminons ce pot-pourri en rebondissant sur la recette de Columelle. Cette recette fait partie du chapitre des *compositum*. Ce mot désignait en latin toutes sortes de produits qu'on mettait ensemble. Les olives en saumure, par exemple, ou la moutarde, ou d'autres condiments. C'est bien le cas de la meurette version Columelle, des *moretaria* d'Apicius, et aussi de l'*olla-podrida* ce ragoût où tout cuit ensemble dans la même cocotte. Le pot-pourri qui consiste à mettre dans un récipient des fleurs séchées ou fermentées pour bénéficier de leur parfum ne déroge pas à cette règle, ni la version musicale du même pot-pourri composé de plusieurs morceaux joués ensemble bout à bout.

Il se trouve que *Compositum* a donné également un des noms primitifs de la choucroute : le *Komst*, *Kumst* ou *Gumpost*. Il s'agit d'une préparation ancienne de l'Europe de l'Est qui consiste à faire fermenter des choux entiers, soit dans des tonneaux, soit dans des fosses creusées dans le sol. Pratique préhistorique s'il en est ! On le trouve en Pologne, en Ukraine et en Autriche où il prend le nom de *Grubenkraut* « chou de fosse », qui est un produit rare en voie de disparition, aujourd'hui labellisé Slow Food. Le mot *compositum* est encore à l'origine étymologique de deux mots en français : la compote, qui est effectivement faite de plusieurs ingrédients que l'on met ensemble pour les faire cuire, et le compost.

Le compost ! C'est lui le véritable pot-pourri, qui se décompose et pourtant qui est vivant d'une multitude, d'un grouillement d'organismes fourmillants et foisonnants. Le compost, essence du pourri, qui n'en finit pas de vivre car la vie, entêtée, renaît de sa propre décomposition. Le compost origine et fin de toute chose. La boucle est bouclée.

RETOUR VERS LE POURRI
De profundis…

Cette analogie de sens entre le compost et les aliments fermentés n'a certainement pas échappé aux anciens, qui fermentaient leurs aliments jusqu'au seuil de la putréfaction. Le compost est composé de végétaux ou d'animaux morts, mais par un processus biologique bien vivant, va redonner vie à la terre, faire renaître de nouvelles plantes. C'est l'alliance de la mort et de la vie. La putréfaction bienfaisante. Le pourri régénérateur. La certitude que la mort est un cadeau donné à la vie (ou est-ce l'inverse ?). Encore un paradoxe. L'aliment fermenté est vivant, mais il est aussi en décomposition, ce qui ne l'empêche pas de se conserver.

Le faisandage a sans doute été la première manière de consommer des aliments pourris. Tous les chasseurs, depuis le fond des âges, laissent faisander le gibier avant de le manger. Avant d'avoir inventé les outils et les armes de chasse, les hommes préhistoriques étaient incapables de chasser du gros gibier. On a tous l'image d'Épinal de chasseurs munis de sagaies, poursuivant en bandes un mammouth ou un aurochs, mais ceci est très récent et moderne dans l'histoire de l'humanité. Nos plus lointains ancêtres ne pouvaient qu'attraper des petits mammifères, des insectes, des batraciens, des reptiles et des poissons. À cette époque reculée, la seule manière de manger de l'élan ou du bison était de trouver par hasard la carcasse d'un animal déjà mort, soit de mort naturelle, ou par accident, soit chassé par un prédateur carnivore qui aurait laissé sur place les reliefs de son repas. On peut donc dire que les premiers humains, avant de devenir chasseurs-cueilleurs, étaient en réalité des charognards opportunistes. Oui, voilà la réalité du véritable régime paléo.

On peut imaginer que la découverte d'une carcasse de mammouth ou d'un bison dans la toundra était un jour de fête ! C'était l'assurance d'un beau festin et de pouvoir nourrir toute la tribu pendant un certain temps. La viande abandonnée aux quatre vents exhale vite des parfums indiscrets dus aux gaz de la fermentation, et il est relativement facile de la trouver en passant à proximité. Voilà comment on « chassait » avant les arcs et les flèches. Pour trouver ce genre d'aubaine, il suffisait d'avoir un bon odorat! Mais surtout, il fallait aimer cette odeur de charogne. Quand il s'agit d'une question de survie, on fait moins la fine bouche. La viande fraîche est très dure et le faisandage est une façon de l'attendrir, pour des humains qui n'ont pas les dents aussi acérées que les carnivores. Imaginez-vous, à présent perdu dans la savane avec pour seule perspective de nourriture la découverte d'un cadavre de gazelle déjà bien avancé dans le faisandage. Vos narines civilisées par un siècle et demi d'hygiénisme vous guideraient sans doute pour la trouver, mais votre cerveau dégoûté irait à reculons. J'en connais beaucoup qui abandonneraient le régime paléo sur-le-champ, même en sachant que les viandes faisandées contiennent des substances euphorisantes.

Cependant un grand nombre de narines civilisées ne minaudent pas devant une boulette d'Avesnes ou un vieux-lille. Il nous reste donc quelque chose d'anthropologique, de ce goût pour le pourri. Effet de l'évolution ? Souvenir du plus lointain des âges, à l'époque où les festins de Cro-Magnon étaient composés de « cadavres exquis » ? Même après avoir inventé la sagaie, la hache, la fronde, l'arbalète, le fusil de chasse et l'avion supersonique, l'humain, a continué à faire faisander le gibier. Souvenir archétypal des ancestrales pratiques ? Goût immodéré pour la puissance de ces saveurs liées à de bons augures et à la promesse de festins à venir ? Le fait est qu'aucun chasseur au monde ne consomme la viande fraîche. Sauf ceux qui vont braconner au supermarché du coin, et qui ne comprennent pas pourquoi leur prise en barquettes plastique est si dure sous la dent et manque terriblement de saveur.

Aujourd'hui encore les bons bouchers font maturer la viande. On ne dit plus « faisander », bien sûr, la civilisation et l'hygiénisme sont passés par là, mais c'est la même chose. Même à New York, dans ce pays champion de l'hygiénisme, on peut voir dans certains supermarchés des vitrines tempérées où vieillissent des côtes de bœuf devenues grises. Les bouchers de qualité les laissent au moins vingt jours, mais parfois encore plus, et quelques professionnels admirables, font maturer leur viande plus de quarante voire soixante jours, afin de lui donner une tendreté et une saveur exceptionnelle.

Le mot « faisandage » vient du faisan qu'on traitait toujours de cette manière. Récemment encore il était courant en Europe occidentale de manger sur les tables les plus somptueuses les viandes et les gibiers après un début de décomposition. Un faisan, pour être prisé d'un gourmand, devait être mort depuis un mois. Brillat-Savarin ne le jugeait digne de la table d'un gastronome qu'à l'état de quasi complète putréfaction : il recommandait de le conserver dans ses plumes jusqu'au verdissement de l'abdomen. Grimod de La Reynière, lui, le déclarait à point lorsque, suspendu par la tête, le faisan se détachait de lui-même. Tué au Mardi gras, on pouvait le manger à Pâques. Montaigne recommandait de laisser faisander les bécasses jusqu'à « l'altération de la saveur ». Le fait de ne pas vider ni plumer les oiseaux empêche les bactéries exogènes de les infester. Ce sont les bactéries digestives de l'animal qui envahissent les muscles et procèdent à la fermentation. Par ailleurs, aucune incision n'était pratiquée, puisqu'on ne vidait ni ne plumait l'oiseau. Cela protégeait plus sûrement la viande des larves et des insectes. Contrairement aux apparences, lors du faisandage il ne s'agit pas d'une putréfaction : la technique permet au contraire la conservation plus longue du gibier.

En lisant les descriptions de Brillat-Savarin et Grimod de la Reynière, on n'est pas loin des faisandages extrêmes des régions circumpolaires qui nous paraissent pourtant des méthodes d'un autre âge et de lieux éloignés du nôtre ! En Terre de Feu les Fuégiens suspendaient les phoques jusqu'à ce que la tête se détache. Même pratique en Australie, où les aborigènes accrochent un morceau de viande à une branche et attendent jusqu'à ce qu'il gonfle, devienne vert et qu'on entende des sifflements produits par les gaz quand on passe à proximité. Ensuite pour le manger, ils le plongent pendant deux jours dans l'eau courante d'une rivière. Ils l'enveloppent dans des feuilles pour le cuire dans un four en terre. En réalité, suspendre ou enterrer la viande ou le poisson avant de le consommer est une pratique très fréquente dans le monde.

Nous avons constaté également que pour fabriquer de délicieux aliments pourris, il est fréquent qu'on les enterre, ou qu'on les enferme dans des récipients comme des jarres, des tonneaux ou des coffres. C'est le cas du requin, du saumon et du faisan, comme des choux à choucroute et du lard de Colonata. C'est aussi le cas du compost... Et des défunts qu'on met sous la terre. Autrefois dans certaines civilisations, les défunts pouvaient aussi être inhumés dans des poteries.

L'idée de la mort est constante dans la fermentation. Les soldats de la bataille de Normandie ont pensé à la mort en reniflant l'odeur suspecte des camemberts. Mais l'idée de la mort est finalement toujours contredite par la conservation plus longue, et aussi par le fait que le produit nous nourrit. Le compost servira à la vie nouvelle des plantes, et l'aliment fermenté non seulement va se conserver sur des durées plus longues, mais en plus va nous donner à manger, va alimenter notre vie. C'est l'éternel retour, le renouveau : nous sommes propulsés dans une dimension supérieure de la vie. C'est un cycle dans lequel la mort en réalité n'existe pas. Pensons aussi à l'ambiguïté du mot « germe ». Ambiguïté que même les hygiénistes n'ont pas résolue : un germe est un mauvais microbe, source de contagion, de maladie et de mort. Mais un germe est aussi un embryon, une future plante ! Le germe est le symbole de la vie éternelle.

L'immortalité est un motif constant dans les religions. Le summum est atteint dans les croyances des anciens Égyptiens, véritablement obsédés par l'idée d'une vie après la mort. Ils avaient recours à la momification, qui comporte un processus de salaison : le corps du défunt était plongé dans un bain de natron qui n'est autre qu'une saumure, avant d'être oint d'aromates et d'épices. Il s'agit bien d'une fermentation, ici associée à un processus de retour à la vie. Quel magnifique paradoxe : c'est un processus identique à la pourriture qui empêche le corps de pourrir !

Le saloir à viande, qui empêche la putréfaction de la chair après la mort de l'animal, ou le chaudron de brassage de la bière, qui rend le grain éternel, sont l'archétype des chaudrons d'abondance, des récipients magiques où les sorcières et les fées concoctent leurs philtres. Ces chaudrons ou marmites magiques sont omniprésents dans le corpus légendaire européen. Tout chaudron de fermentation est un chaudron d'immortalité.

La légende de saint Nicolas est particulièrement intéressante dans cette optique. Trois petits enfants demandant un abri chez un boucher ont été assassinés par lui, coupés en morceaux et mis dans son saloir « comme pourceaux ». Ils sont restés sept ans dans le saloir : chiffre symbolique et long temps de maturation ! Saint Nicolas est heureusement passé par là. Arrivant chez le boucher, il demande à souper et réclame la viande qui est depuis sept ans dans le saloir. Le boucher s'enfuit tandis que saint Nicolas étend trois doigts au-dessus du saloir. Les enfants se lèvent tous les trois. La légende, matérialisée par une chanson, sous-entend qu'il les a simplement réveillés. En sortant du saloir, « le premier dit : j'ai bien dormi, le second dit : et moi aussi, et le troisième répondit : je me croyais au paradis ». Les enfants n'étaient donc morts qu'en apparence dans la cuve de fermentation. Ils étaient juste en sommeil. La pourriture serait une mort « provisoire ».

Saint Nicolas est un personnage très important dans l'imaginaire européen. Il serait à l'origine de la figure du Père Noël, la plus grande figure mythique actuelle en Occident. D'après Claude Lévi-Strauss, le Père Noël est un mythe en formation dont nous assistons à la naissance depuis moins d'un siècle. Saint Nicolas est fêté le 6 décembre dans tout le nord de l'Europe, où, il n'y a pas si longtemps, il était plus important que le Père Noël. Il évolue dans la sphère légendaire autour du solstice d'hiver, en relation avec l'enfance, la vie qui se perpétue, donc la fertilité-fécondité. Ce n'est pas un hasard si l'Église chrétienne a placé la naissance du Christ à ce moment de l'année, où le soleil remonte sur l'horizon et où la durée du jour devient supérieure à celle de la nuit.

Dans les pays nordiques, là où saint Nicolas est fêté, ce n'est pas une dinde, mais bien un jambon qu'on sort du saloir et qu'on fait rôtir traditionnellement à Noël, rappelant les antiques célébrations païennes du solstice où le sanglier était sacrifié puis partagé. Le porc et le sanglier sont des animaux symbolisant la fertilité-fécondité dans les civilisations païennes. Saint Nicolas est une figure tutélaire héritée d'un imaginaire bien antérieur au christianisme. En réveillant les enfants qui avaient subi le destin des porcs salés pour être conservés puis mangés, il a fait du saloir à viande un « saloir de résurrection ». Tout récipient de fermentation, de la fosse au tonneau, de la jarre au chaudron, conserve la vie des choses destinées à mourir.

Non seulement la pourriture donne du goût à la nourriture, mais elle lui permet de mieux se conserver et elle accorde aux hommes un meilleur régime alimentaire : le pourri qui nous nourrit nous apporte un formidable optimisme ! Il nous montre que la mort n'existe pas, et que la vie a toujours gain de cause. Toute vie se nourrit de la mort. Sans la mort, la vie est impossible, quelle que soit l'échelle à laquelle on se place, qu'on soit au niveau microscopique ou macroscopique. En nous faisant flirter avec l'idée de la mort, le pourri nous apprend à vivre.

POURRITURE NOBLE
Réconcilions tout le monde

Le chef cuisinier Andoni Luis Aduriz, très audacieux dans la recherche sur le fermenté, ose présenter une pomme pourrie en dessert dans son restaurant Mugaritz. Trônant dans l'assiette, le fruit entier est recouvert d'un magnifique duvet blanc grisâtre, qui n'est autre que *Botrytis cinerea* la « pourriture noble » en personne. Ce dessert est servi avec un échantillon de vins botrytisés, ce qui permet de comprendre comment le champignon donne ces saveurs, du fruit jusqu'au vin.

Après avoir évoqué nombre de nourritures clivantes, cette pourriture noble qui s'attaque aux fruits et donne des vins délicieux réconcilie tout le monde. Reconnaissons-le : ce domaine du pourri fait un peu plus l'unanimité que le faisandage des viandes.

La vinification n'est autre que l'apprivoisement des levures par les vignerons. La vinification naturelle n'est possible que grâce aux levures présentes sur la pruine, cette substance un peu poisseuse recouvrant la peau des grains de raisins et celle d'autres fruits. Dans certains cas, les grains ont quelque chose en plus que des simples levures : une moisissure appelée *Botrytis cinerea*, cette fameuse pourriture noble. Qu'est-ce donc qui ennoblit cette pourriture ? Le fait qu'avant de décomposer complètement le fruit, elle produise des grands vins liquoreux prestigieux.

La pourriture noble est un champignon, qui se développe en automne sur le raisin très mûr. Des conditions d'ensoleillement et d'humidité particulières à certaines régions, par exemple en Hongrie, dans le Sauternais, en Alsace, en Autriche, en Allemagne, favorisent l'apparition du *Botrytis*. Il faut à la fois de la fraîcheur, des brumes matinales et un ensoleillement l'après-midi. Cette météorologie spéciale permet au champignon, qui devrait normalement conduire à la putréfaction du raisin, de se nourrir de l'eau que contiennent les baies et de transformer les sucres. Cela favorise la concentration en sucre du jus et développe les arômes exquis des grands vins liquoreux.

L'Allemagne, l'Autriche et le Sauternais revendiquent l'invention de cette méthode de vinification. Le premier vin à avoir été produit de cette manière semble toutefois être le tokay de Hongrie, région d'Europe où la culture de la vigne préexistait lorsque les Romains occupèrent les rives du Danube, ce qui n'est pas le cas des autres régions où la vinification date de l'occupation romaine.

Dans l'Antiquité romaine, on connaissait d'ailleurs la technique du passerillage, qui consiste à laisser les grappes sur des claies au soleil après la vendange, afin de surmurir le raisin, et d'augmenter son taux de sucre par évaporation. Mais, dans le cas de la pourriture noble, c'est différent car le raisin reste sur pied et se couvre littéralement de moisissures. Il fallait du courage, ou le goût des aléas, pour attendre que cela se produise et risquer de perdre entièrement sa récolte. Quelques jours ou heures de trop, et la moisissure gagne la partie : la pourriture devient malheureusement roturière. Le raisin se pourrit sans noblesse, et est bon à jeter… au compost ! La vendange de ces raisins exceptionnels se fait à la main, et en triant les grains pour les choisir quand ils sont à point, ni trop, ni trop peu. Elle se déroule sur plusieurs jours, il faut parfois une dizaine de passages pour tout récolter. De plus, les conditions météorologiques n'étant pas réunies tous les ans, il n'y a, certaines années, pas de récolte du tout.

Une légende dit que devant la menace d'une attaque turque en 1650, la vendange fut retardée et que les raisins récoltés ensuite, par hasard en surmaturation produisirent ce vin exceptionnel. Les fruits étaient recouverts de cette pourriture grise et il fallut les cueillir grain par grain, à même la grappe. Le résultat donna contre toute attente un vin exceptionnel. Des légendes similaires existent pour le sauternes, datant du XIXe siècle. Un propriétaire (dont le nom varie, chaque domaine voulant s'attribuer la première utilisation de la pourriture noble) aurait été empêché quelque part et la vendange retardée. Mêmes scénarios en Autriche et en Allemagne.

Cela ne tient pas devant les faits historiques. D'abord parce que les vendanges tardives avec tris successifs sont effectuées depuis des lustres. Ensuite parce que les cépages de ces régions ont justement été minutieusement sélectionnés depuis des siècles pour résister le mieux à *Botrytis cinerea*. De plus, le vin de Tokay est mentionné lors du concile de Trente qui eut lieu en 1562, soit presque un siècle avant l'attaque des Turcs. Il est vrai qu'aux XVIe et XVIIe siècles, le territoire de l'actuelle Hongrie fut un champ de bataille quasi permanent, entre les Autrichiens, les Hongrois, les Turcs, les Ottomans et les Prussiens. Les vendanges purent en effet être parfois chaotiques. Or, le seul vignoble qui échappa aux ravages de la guerre fut justement celui de Tokay. Les Hongrois de l'époque avaient le sens du marketing : leur vin devint célèbre dans toutes les cours de l'Europe, non seulement pour ses saveurs exceptionnelles, mais pour ses propriétés sur la santé : comme il était préparé de façon étonnante, on lui prêtait des vertus miraculeuses à réveiller les morts !

On voit encore dans cet exemple combien la culture est importante. Ce produit d'exception n'existerait pas sans le savoir-faire des hommes allié à celui du temps et de la nature. Ces vins botrytisés, qu'ils soient de Hongrie, d'Autriche ou du Bordelais, sont d'une science, d'une technicité extrême, ils sont difficiles à produire. C'est une œuvre d'art gustative.

Dans le genre « vin pourri ou moisi », on pourrait citer aussi le vin jaune du Jura, qui, dans certaines caves, dans certaines conditions, développe un épais voile de levures en surface qui, visuellement, s'apparente à une couche blanche de moisissures. Ce vin exceptionnel est élevé en *rancio*, c'est-à-dire avec une oxydation, dans un tonneau qui n'est pas rempli complètement afin que l'air y soit présent. Sur la surface en contact avec l'air croît un biofilm de *Mycoderma vini*, protecteur contre la piqûre du vinaigre qui devrait de toute évidence se produire, puisque cette levure est la cousine de *Mycoderma aceti*… et qui ne se produit pas. Cet élevage singulier crée les saveurs incomparables et exquises de ce vin. Les caves qui possèdent naturellement la levure sont très recherchées et préservées comme la prunelle des yeux des vignerons! Dans le Jura, le pourri est une richesse!

J'ai employé le mot de « *rancio* », qui, pourrait-on dire, est synonyme de pourri dans les langues d'oc. Le goût du *rancio* – du rance, donc – est généralement attaché au vin. Mais il s'applique également dans le Sud, à d'autres produits. Les confits, par exemple, qui, autrefois n'étaient pas stérilisés. On les conservait simplement dans des jarres à la cave, sous une épaisse couche de graisse qui les protégeait de l'air ambiant. C'était aussi le cas des rillettes et rillons traditionnels dans la Touraine et le Perche. Ces conserves prenaient avec le temps un goût de rance, de *rancio*, qui en augmentait l'*umami* de façon exponentielle. Ce goût-là s'est perdu depuis l'avènement de l'appertisation. Le *rancio* est véritablement le goût de fermenté, du pourri.

D'autres œuvres d'art de la même volée sont exécutées par des cuisiniers inventifs qui jouent avec la fermentation, avec le pourri, pour produire des saveurs nouvelles, ou plutôt des saveurs oubliées car en réalité cela n'a rien de nouveau. Donner du goût à la cuisine sans avoir recours à des procédés de chimie de synthèse, sans additifs, sans arômes, sans artifices, c'est le rêve de beaucoup. La fermentation est le moyen d'inventer encore quelque chose en cuisine. Quel formidable champ d'action pour les chefs d'aujourd'hui ! Après la période de la « nouvelle cuisine » durant laquelle la fermentation était bannie, parce qu'incomprise, son renouveau est en marche pour le plus grand bonheur de nos papilles.

Ces cuisiniers créatifs ont compris que la fermentation enrichit les aliments de substances aromatiques par centaines : des molécules infiniment variées fabriquées par les levures et les bactéries, bien plus variées et subtiles que n'importe quelle molécule de synthèse ! Ainsi, on le voit bien dans l'exemple des vins botrytisés, le pourri développe le goût d'une manière exponentielle. Il augmente la longueur en bouche, élargit la palette aromatique et donne une profondeur aux saveurs. Le pourri change la longueur d'onde du goût, le fait résonner autrement.

La différence entre le jus de raisin et le vin peut être rapportée à d'autres aliments. On pourra obtenir des notes citronnées, de gingembre ou de pomme verte à partir d'un céleri dont la longueur en bouche sera décuplée. Une carotte prendra des parfums d'orange, une aubergine de café ou de pruneau. L'aliment fermenté procure dans la bouche une sensation d'épanouissement des papilles, de richesse, de saveur délicieuse, comme ce qui est décrit par le mot « *umami* », et cela sans aucun additif ni ajout d'arôme extérieur, encore moins de glutamate.

Des chefs inspirés, parmi les plus réputés de tous les continents, cherchent par le fermenté à donner à leurs plats ces saveurs multipliées. Ils étudient comment la fermentation des légumes, des poissons ou des viandes fait ressortir la typicité d'un terroir. Ils expérimentent pour donner à leurs sauces un je-ne-sais-quoi de saveur subtile et acidulée à partir de légumes suris. Ils retrouvent d'anciennes techniques pour les appliquer à de nouveaux produits. C'est aussi une manière de lutter contre l'uniformisation des goûts, les stéréotypes, la standardisation que veut nous imposer l'industrie agroalimentaire. Le pourri ne donne jamais exactement le même résultat : on ne fait jamais deux fois le même vin, le même vinaigre, le même fromage, le même pain, le même *surströmming*. Les millésimes, les cuvées, les terroirs se distinguent les uns des autres, et c'est grâce au pourri toujours différent, toujours renouvelé.

Certains cuisiniers, comme René Redzepi, étudient les possibilités culinaires du *kombucha*, fabriquent du *garum* de poulet rôti pour sublimer les sauces, font fermenter des petits pois et des noisettes en miso comme on le fait pour le soja, ou cherchent l'effet du *koji*, la moisissure qui donne le miso et le saké, dans la maturation des viandes, inoculant de l'*Aspergillus* sur des cœurs de rennes afin d'obtenir une flore blanche comme sur le saucisson, mais sans avoir à hacher la viande.

D'autres comme Éric Guérin mettent le *huitlacoche*, ce maïs moisi mexicain, au menu. D'autres encore comme Yannick Alléno et Mauro Colagreco expérimentent la fermentation des légumes, du kéfir, des boissons.

Concernant la démarche culinaire d'Andoni Luis Aduriz, sa pomme pourrie se complète aussi d'un pain moisi. Il s'agit d'une tranche de brioche toute bleue de pourriture, inoculée de *Penicillium roqueforti*, la moisissure qui donne son goût au roquefort. Et c'est un clin d'œil car le roquefort était autrefois ensemencé avec du pain moisi. (Aujourd'hui il l'est avec une éprouvette de ferment cultivé en laboratoire, c'est sans doute plus politiquement correct).

Il s'agit bel et bien d'une exploration du territoire de la fermentation jusqu'à la zone où il rejoint celui de la décomposition. Saupoudrer un voile de *Penicillium candidum* sur le lait caillé ou de *Rhizopus oligosporus* (champignon qui donne le *tempeh* indonésien) sur des noisettes, et sentir la différence de texture, d'odeur et de saveur que cela donne à l'ingrédient culinaire, cela demande un peu de témérité de la part du cuisinier.

La témérité du cuisinier présuppose celle du mangeur devant faire abstraction de l'aspect rebutant, pourri ou moisi, avant de déguster le mets. Manger du pourri c'est sortir de sa zone de confort. C'est s'affranchir des normes de la bienséance et de la fadeur des nourritures standardisées. La liberté est complète. On explore l'inconnu sans avoir peur du risque. On titille le frisson coupable de l'interdit, la joie de la transgression, le vertige de franchir les limites de la décence. On renverse les valeurs et les normes de la cuisine traditionnelle : le pourri est interdit, voire impensable ? Alors on passe outre les diktats du « bien manger » conventionnel. Cela suppose un certain effort de la part du mangeur. Il doit surmonter sa surprise qui peut l'emmener vers le dégoût. Mais s'il ose goûter le pourri que le cuisinier a osé préparer, le plaisir est au rendez-vous !

On repousse également les règles de l'hygiène – et surtout de son porte-drapeau l'hygiénisme. Évidemment tout ce qui est proposé au consommateur est comestible et sans danger, voire bénéfique pour sa santé ! C'est un pied de nez à tout ce qui stérilise, désinfecte, pasteurise, une ode à la liberté des ferments qui nous ont accompagnés durant notre évolution depuis le Paléolithique, co-évoluant avec nous et nous façonnant en tant qu'êtres humains. La plus belle conquête de l'homme n'étant pas le cheval, ni le chien, mais la domestication des levures.

Cette cuisine inventive semble expérimentale et avant-gardiste. Cependant ce sont bien des procédés multimillénaires qu'elle utilise, pour ce résultat apparemment innovant. Les cuisiniers d'aujourd'hui sont dans la même situation que ceux de la préhistoire qui innovaient aussi considérablement en essayant de nouvelles techniques. La fermentation représente pour la haute gastronomie une nouvelle terre à explorer, de nouvelles frontières à franchir, elle relie le passé le plus ancien au futur le plus imaginatif.

Le pourri a-t-il un avenir dans notre gastronomie de plus en plus aseptisée ? L'industrie agroalimentaire qui règne en maîtresse sur nos tables va-t-elle gagner la bataille en éradiquant les fromages au lait cru et toutes ces autres choses délicieuses qui règnent dans tous les degrés du pourri ? Ces merveilles aux saveurs prononcées, comme les kippers fumés, le beurre à goût de beurre, et les cornichons au sel ?

Si on n'y prend pas garde, le pourri ne pourrait devenir qu'un lointain souvenir. Des nourritures étranges d'ancêtres éloignés qui ne connaissaient pas les bienfaits de la civilisation des élevages industriels, des cultures hors sol, des huîtres triploïdes et du minerai de viande façonné dans les usines à nuggets.

Le pourri était pourtant une des saveurs les plus consommées il n'y a pas si longtemps. On estime qu'au début du XXe siècle, alors qu'il ne venait à personne l'idée saugrenue de pasteuriser un camembert, plus de 80 % du régime alimentaire d'un Français était fermenté (et *a fortiori* dans les régions du monde non occidentalisées!). Le pain en occupait une bonne part, mais aussi les fromages, le beurre, le lard salé, les poissons salés ou fumés, etc.

Le salut pourrait justement venir de deux manières : de la préservation de traditions anciennes qui se sont gardées intactes dans les familles, que des productions artisanales pourraient remettre à l'honneur, mais aussi d'en haut, de la grande cuisine. Aujourd'hui c'est dans la grande cuisine qu'on trouve ces produits nobles issus de producteurs artisanaux, qui étaient voici cinquante ans l'ordinaire de bien des campagnes, et c'est dans la grande cuisine que les chefs explorent l'immense continent, la *terra incognita* de la fermentation.

Loin de moi l'idée d'un quelconque élitisme, seulement l'espoir peut-être insensé que la grande cuisine inspire celle de tous les jours, ce qui est déjà le cas pour de nombreuses recettes devenues à la mode parce qu'un chef étoilé les a reprises à défaut de les avoir inventées. Il faut des artistes pour montrer au monde que ces saveurs n'ont rien de rebutantes. La pourriture sera noble ou ne sera pas!

QUI AIME BIEN POURRIT BIEN
Quelques recettes

COMMENT FAIRE DU RAKEFISK

Pour 1 kg de poissons
1 l de vinaigre
60 g de gros sel gris de mer
1 cuil. à soupe de sucre

Le *rakefisk* est en général de la truite ou de l'omble chevalier fraîchement pêché et éviscéré.

Il est très important pour l'hygiène que le poisson n'ait jamais touché la terre. Ne le travaillez pas non plus sur une planche sur laquelle vous avez découpé des légumes. Si c'est le cas, désinfectez soigneusement votre planche.

Faites macérer les poissons pendant trente minutes dans du vinaigre puis laissez-les s'égoutter.

Entassez-les ensuite dans un tonneau, l'abdomen ouvert vers le haut, dans lequel vous ajoutez au fur et à mesure du sel et une pincée de sucre. La proportion de sel est en général de 60 grammes par kilo de poisson.

Quand le tonneau est rempli, placez un couvercle de la taille de l'intérieur du récipient surmonté d'une grosse pierre pour mettre les poissons sous presse.

Placez le tout quelques jours à température ambiante pour amorcer la fermentation, puis au frais, aux alentours de 4 °C. Les poissons ne tardent pas à former une saumure abondante qui va les recouvrir entièrement et en assurer la conservation.

Après deux ou trois mois, quand les poissons sont suffisamment fermentés, transférez-les dans une nouvelle saumure à 4 °C, qui va ralentir le processus de fermentation. La conservation pourra alors être très longue.

Le *rakefisk* se mange cru, taillé en lamelles, sur un *lefse*, sorte de crêpe à base de pomme de terre, garnie d'oignons et de crème aigre.

COMMENT FAIRE DU GRAVLAX

1 beau saumon
70 g de gros sel de mer
50 g de sucre cristallisé
1 bouquet d'aneth
1 cuil. à café de grains de poivre concassés

Pour la sauce :
20 cl de mayonnaise
2 cuil. à soupe de moutarde douce
1 cuil. à café de miel
1 cuil. à soupe de vinaigre de vin blanc
1 cuil. à soupe d'aneth ciselé

Demandez au poissonnier de lever les filets du saumon en laissant la peau. Ne travaillez pas le saumon sur une planche sur laquelle vous avez découpé des légumes. Si c'est le cas, désinfectez soigneusement votre planche.

Éliminez toutes les arêtes à l'aide d'une pince à épiler.

Mêlez le sel, le sucre, le poivre et l'aneth ciselé.

Étendez le premier filet de saumon sur un plat creux, côté peau vers le bas. Recouvrez du mélange de sel. Posez par-dessus le second filet, côté peau vers le haut, comme pour reconstituer le saumon.

Couvrez d'un film alimentaire. Posez dessus une planchette surmontée d'un poids de 2 kg, et laissez macérer au frais pendant au minimum quatre jours.

Ne videz surtout pas la saumure qui se forme, c'est elle qui va assurer la conservation du poisson.

Au moment de servir, grattez la couche de sel et taillez le saumon en fines tranches. Préparez la sauce en mélangeant tous les ingrédients.

Accompagnez avec du pain de seigle complet et du beurre demi-sel.

La même recette peut être réalisée avec d'autres poissons gras moins onéreux : de la truite, du maquereau ou des harengs.

COMMENT FAIRE DU GARUM

1 kg d'anchois ou de petits maquereaux frais
250 g de gros sel gris de mer

Il est impératif d'avoir des poissons extra frais, brillants avec l'œil bombé. Laissez les poissons entiers, ne les rincez surtout pas.

Au fond d'un grand bocal muni d'un robinet en bas, faites une couche filtrante constituée d'une grille couverte de plusieurs épaisseurs de papier filtre ou de toile à fromage. Cette couche filtrante doit arriver au-dessus du niveau du robinet.

Placez une couche de sel sur la couche filtrante. Remplissez ensuite en alternant les poissons et le sel. Terminez par une bonne couche de sel. Tassez bien entre chaque couche, et aussi à la fin, il ne doit pas y avoir de vide entre les poissons. Placez une planche munie d'un poids sur les poissons.

Après quelques jours, les anchois vont rendre leur eau. Un jus rougeâtre va s'écouler dans la partie filtrante du pot. Ouvrez le robinet et récupérez ce jus qui va couler lentement pendant 4-5 jours.

Fermez le robinet. Pressez les poissons dont le niveau doit avoir descendu dans le pot. Augmentez le poids sur la planchette. Versez le jus soutiré qui doit recouvrir entièrement et largement les poissons.

Laissez macérer au minimum trois mois à température ambiante.

Soutirez le jus et filtrez-le dans un filtre en papier ou une toile fine. Conservez-le dans une bouteille fermée. Ce premier jus est la meilleure qualité du *garum*.

On pourrait s'arrêter là. Mais les poissons n'ont pas fini de fermenter. Préparez une saumure à 250 g de sel par litre d'eau. Versez-la sur les poissons restés dans la cuve jusqu'à les recouvrir. Laissez macérer encore trois mois avant de soutirer ce second jus que vous pouvez mélanger avec le premier, ou consommer séparément, ce second jus sera moins concentré. On peut ainsi faire trois ou quatre soutirages.

Le *garum* se conserve indéfiniment.

COMMENT FAIRE LE MORETUM OXYPORUM DE COLUMELLE

*1 gros bouquet d'herbes fraîches variées au choix :
sarriette, menthe, coriandre, origan, thym, oignons nouveaux,
poireau, feuilles de laitue, roquette…
50 g d'amandes, noix, pignons
ou graines de sésame torréfiés
Environ 5 cl de vinaigre poivré de 5 tours de moulin à poivre
200 g de fromage sec
200 g de fromage frais
10 cl d'huile d'olive
Du vinaigre et du nuoc-mâm au goût pour le service*

Ciselez grossièrement les herbes choisies puis pilez-les ensemble dans un mortier. Mettez de côté.

Pilez ensuite dans le mortier les fruits secs choisis. Réservez.

Coupez le fromage sec en petits morceaux ou râpez-le, mélangez-le dans le mortier avec le fromage frais et réduisez en pâte.

Réunissez ensuite tous les ingrédients dans le mortier et broyez le tout en y mêlant du vinaigre poivré, suffisamment pour obtenir une pâte onctueuse. Ajoutez une cuillerée d'huile d'olive.

Tassez le tout dans un pot de taille adaptée à la quantité et versez de l'huile d'olive en surface. Fermez le pot et entreposez dans une cave fraîche (15 °C) pendant au moins un mois avant de déguster. Vous pourrez le conserver un an au frais dans son pot fermé.

Au moment de servir, diluez la pâte avec un peu de vinaigre et de *garum* ou de nuoc-mâm pour obtenir une consistance plus fluide.

Columelle précise que si l'on n'a pas d'herbes fraîches, on peut aussi utiliser des herbes séchées. Il signale aussi que le fromage à utiliser est du fromage « gaulois ». De nos jours, on peut utiliser un mixeur pour broyer les ingrédients, mais le goût ne sera pas le même. Le vinaigre poivré sert d'acidifiant et d'antiseptique pour empêcher la survenue de mauvaises bactéries et l'huile permet d'empêcher l'air d'entrer dans le pot.

COMMENT FAIRE LES ANTIQUES ET AUTHENTIQUES ŒUFS EN MEURETTE

4 œufs
4 cuil. à soupe de garum, ou de nuoc-mâm,
ou de colatura di alici
4 cuil. à soupe d'une bonne huile d'olive
Poivre du moulin

Cassez les œufs dans quatre bols ou ramequins. Arrosez-les avec le nuoc-mâm et l'huile.

Faites cuire au bain-marie environ 8-10 minutes, jusqu'à ce que les œufs soient encore mollets.

Dégustez après avoir donné quelques tours de moulin à poivre.

COMMENT FAIRE DU GHEE, OU BEURRE RANCE

500 g de beurre cru, non salé

Faites fondre le beurre à feu doux dans une casserole. (Le four à micro-ondes ne convient pas pour cette recette).

Quand tout le beurre sera fondu, des impuretés blanchâtres flotteront à la surface. Éliminez-les avec une cuillère.

Transvasez le beurre délicatement dans un pot en céramique ou un bocal en verre adapté à la contenance, sans transvaser le dépôt blanc qui est au fond : arrêtez de verser dès que vous voyez le dépôt liquide et blanc.

Fermez le bocal hermétiquement avec son couvercle.

Laissez reposer un an à température ambiante entre 17 et 25 °C.

Ce beurre se conserve des années. Utilisez-le dans la cuisine. Il supporte des températures plus élevées que le beurre conventionnel.

COMMENT FAIRE
DU POURRI BRESSAN

1 poireau
250 g de fromages de chèvre au lait cru très secs et forts
250 g de fromage bleu de vache au lait cru
(par exemple bleu de Gex ou fourme d'Ambert) bien affiné
200 g de gruyère ou de comté, vieux de préférence
100 g de crème fraîche
1 brin de thym
1 feuille de laurier
1 clou de girofle
1 cuil. à café de grains de poivre
5 cl d'eau-de-vie de marc, ou de vin blanc sec

Nettoyez le poireau, faites-le cuire dans 50 cl d'eau salée ; jusqu'à ce qu'il soit très tendre. Mangez le poireau, récupérez le bouillon.

Râpez les fromages et placez-les dans le pot de grès. Ajoutez la crème et suffisamment de bouillon de poireau pour obtenir une consistance onctueuse. Saupoudrez à la surface les herbes et épices puis couvrez avec le marc. Mélangez. Fermez le pot hermétiquement et laissez-le pendant un mois dans une cave fraîche (15 °C).

Au bout d'un mois, retirez les herbes et épices qui sont en surface. Malaxez le fromage qui doit être bien crémeux. Refermez le pot et laissez le fromage fermenter encore un mois (ou plus!) avant de le consommer.

On le tartine sur du pain grillé, et on le passe brièvement au four, ou bien on le déguste sur des gaufres chaudes.

Quand vous aurez mangé les trois quarts du fromage, rajoutez dans ce qui reste dans le pot des vieux fromages râpés, du bouillon, de l'alcool, quelques aromates et un peu de crème, et ainsi de suite…

Table

Espèce de pourri!	11
Un pourri pour tous et tous pour un pourri!	25
Il y a quelque chose de pourri au royaume du Danemark…	33
Jeux de mots pourris	41
Se faire arranger comme du poisson pourri…	53
Touche pas à mon pourri!	83
Tu seras un amateur de pourri, mon fils	103
Rien ne sert de pourrir il faut surir à point	117
Pot pourri	137
Retour vers le pourri	159
Pourriture noble	171
Qui aime bien pourrit bien. Quelques recettes :	185
Comment faire du rakefisk	186
Comment faire du gravlax	188
Comment faire du garum	190
Comment faire le moretum oxyporum de Columelle	192
Comment faire les antiques et authentiques œufs en meurette	194
Comment faire du ghee, ou beurre rance	195
Comment faire du pourri bressan	196

Pour retrouver Marie-Claire Frédéric :

Le restaurant :
Suri Restaurant & Deli,
108, rue Réaumur, 75002 Paris

Le blog www.nicrunicuit.com

CET OUVRAGE COMPOSÉ EN NOFRET CORPS 11 A ÉTÉ MIS EN PAGE PAR YELKA ORLIC, RELU ET CORRIGÉ PAR DENNIS CROWCH ET ACHEVÉ D'IMPRIMER LE 15 OCTOBRE 2019 SUR LES PRESSES DE LA MANUFACTURE À LANGRES.

dépôt légal novembre 2019